U0051291

愛呦文創

人生何處無鯤鵬

-1

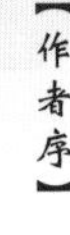

謝謝每位舊雨新知，這是我寫給讀者朋友們的感謝信

各位親愛的讀者朋友們好久不見，我是黑蛋白。

上一本《飛鴿交友須謹慎》出版至今已經有三年多啦，真可怕，時間不知不覺就過去了。

原本《飛鴿》剛結束，我就跟親愛的編輯說好，我們來搞個大事業，把染翠跟黑兒這一對也寫了吧！

殊不知，約簽完了，時程表也訂下後，家裡突然出了幾件大事。先是長輩病情惡化，我成為了主要照護人之一，那段時間幾乎沒有心神寫作，每天都在擔心長輩的病情。

好巧不巧，眼看長輩的狀況穩定了，我自己卻被診斷出了癌症，一發現就是三期末，不立即進行治療是不行的，就這樣時間一眨眼就過去了。

前年底（跨年就很尷尬，從去年變前年）我的治療告一個段

作者序

落，身體恢復良好，化療藥物的作用也在慢慢減退，感覺已經可以開始書寫了。於是發下豪語，跟編輯說：「我二〇二〇年底可以交稿喔！」

所以說，承諾可能就是拿來打破的吧……我放了編輯鴿子。還一放，放到二〇二一年底……

說起來也是一把辛酸淚，我這個人呢在創作上莫名的完美主義又龜毛，因為大家非常喜歡《飛鴿》這篇故事，我也希望續作繼續帶給大家最好的閱讀體驗跟美好的故事，因此在《人生何處無鯤鵬》這本書上花了非常多的精力，務求做到最好，不要讓購買續作的朋友們失望。

這是我身為一個作家，應該也必須達到的目標。

我在病中，也因為大家對《飛鴿》的喜歡，獲得很多力量，我認為這是我應當要回報給大家的才是。

很不幸的，這樣的心意，既是我的動力也變成我的枷鎖，導致這一年多以來，我整整改寫了十多版《鯤鵬》，也讓期待故事的編輯及讀

者朋友們一次次失望了。

去年，原本說好的幾次出版日期，都在我的能力不足下，宣告流產。

我心裡很急，感覺自己無法回應大家的期待，辜負了大家的喜歡。可是，我也不希望我隨便交出一版自己都不喜歡，或覺得無趣的故事應付了事，就算成果最後不盡如人意，我也應該要做到我能做到的最好成果給大家才對。

本著這樣的心情，我在二〇二一年年底終於底定了最後一個版本，閉關了一陣子，好好地把故事寫出來了。

這次的故事，跟《飛鴿》的呈現方式並不相同，我嘗試了新的故事寫法。

《人生何處無鯤鵬》的故事發生在《飛鴿》結尾後的五年。（在此偷偷打個廣告，我去年初有寫一本《飛鴿》的突發番外本《結契》，裡面就是這五年來吳幸子跟關山盡之間發生的故事，大家可以入手唷！）

因為有過五年的相處，這兩人的感情變化就會更幽微、更多值得琢磨的地方，性愛的場面沒有《飛鴿》多，但出現必定給大家驚喜的！

《人生何處無鯤鵬》是我經歷十幾次改稿後，終於過了自己心裡這一關（其實交完稿後我已經做過兩次被編輯退稿的噩夢了），也是我寫給讀者朋友你們的感謝信。

謝謝喜歡《飛鴿》而入手《鯤鵬》的舊朋友；謝謝在書架上或電子書城裡決定買下這本《人生何處無鯤鵬》的新朋友。

因為有你們，我能在疾病最嚴重的時候，抵抗住藥物治療的痛苦，也能在寫作中突破自己的故步自封。

也許，這篇故事還有許多需要完善的地方；也許，這篇故事可以帶給你一段時間的好心情……但不管怎樣，我很感謝閱讀這篇故事的大家。

對啦！第二集、第三集正在努力書寫中！我們今年可以見很多面唷齁齁！

黑蛋白

二〇二二年初

目　錄
CONTENT

第一章　最終這隻鯤鵬如他所願，飛遍了九州大地

「叫蕭延安出來見我！」

少年的語尾還因為太過緊張岔開來。

「蕭掌櫃不在。」染翠指了指跟前的椅子，「您要不坐下喝口茶，等一等？」

少年半仰著小臉，「我高興站著說話，你管得著嗎？」

「那喝口茶吧？潤潤嗓子也好接著……」嗟呼。

染翠呑了最後兩個字，思忖也該給少年留點臉面。

染翠想，自個兒也算是個見識過大風大浪、腥風血雨的人。

想當年，他剛剛十七歲時，本著一股子少年人不畏困苦的韌性和血性，加上天生的不服輸與固執，硬是建立起了鯤鵬社——一個讓男子得以尋覓所愛，找人攜手白首的祕密結社。

大夏朝雖不禁男風，可畢竟男子授受對普羅大眾來說依然有違天和，除卻達官貴人養小妾般養幾個公子，更多的是沿海或荒山裡，男人與男人結契過日子。

前者把男寵當一匹綾羅綢緞、一方松煙墨、一枝紫毫筆般炫耀。真心不能說沒有，但論斤論兩賣的話，一日的嚼穀都買不到。

後者更多是互相撫慰的陪伴，情愛也許沒多少，然而人終究是害怕孤單，怕自己臨死之際身邊無人相伴，索性湊合著過日子。

染翠自己本性偏好南風，他早都想不起是什麼時候察覺到自己對女人毫無興致的，畢竟他成長至今，也未曾對男子動過一分半點的心思。可，他就是莫名知曉，自己喜歡的肯定是個男人，想相伴一生的也是個男人。

他想著，這天寬地闊的，與自己有同樣想法，只是苦於沒有更多途徑得以認識同類，因而在這天地之間惶然無措之人定然不在少數。

於是乎，他全然不顧義父反對，將自己從小存下的小金庫給砸了，連鎖頭都拿去融成銅塊賣掉，躊躇滿志地籌劃數月，最終在京城建立起了第一間鯤鵬社。

那時他雄心萬丈地想：自己非得讓這隻大鯤鵬飛遍九州大陸，哪個犄角旮旯都雨澤廣被。

畢竟，喜歡男子也好，喜歡女子也罷，這樣的喜歡都是可愛的，也都是可佩的。與其喜歡著男子卻禍害女子，還不如好好找個心愛的男人，一起共度餘生呢？

可惜吧，少年人終究太過衝動，腦子一熱之下辦的事，很難辦得周全。即便染翠自小跟在義

父身邊耳濡目染，比尋常十七歲少年要老成幹練許多，卻仍是個十七歲，還未曾飛離過義父羽翼覆蓋的小雛鳥。

鯤鵬社創社第三個月，京城有名的南風館閒逸居掌事人，就帶著十幾個高大健壯、肌肉虯結的護院打上門了。

理由也簡單，染翠這鯤鵬社才剛辦不久，會員都沒幾個，先不說普通人家有多少知道鯤鵬社的存在，然而就算知道了又有多少人願意嘗試？要知道，第一個吃螃蟹的人，原本是想自戕的，要不是為了找死，誰會吃那奇形怪狀的玩意兒？

鯤鵬社也是這個道理，要不是活得膩味了，誰想同自己的好日子過不去？就算許多人心裡期盼著能認識同愛南風之人，也想找個能與自己白首相攜的對象，可透過第三人結緣，怎麼想都覺得不可靠，根本來說是將自己的把柄直接交到外人手上，無須細想就令人膽寒吶！

因此，鯤鵬社這三個月來入社的會員，幾乎全都是些南風館裡的小倌、樂坊裡的樂師、唱曲的唱戲的伶優，最多最多，就是有幾個攤販或小舖子的夥計。這些人自然都是香餑餑。

那麼，閒逸居掌事人打上門來，也就不讓人意外了。

染翠都無須開口問，隱約也能猜到事情約莫是怎麼回事。

他本想在掌事人動手砸店前和對方說道說道，和氣生財嘛！沒必要撕破臉。

可染翠疏忽了，他先前跟著義父時所見聞的，義父與人周旋、談判、商議等等，都是有個大前提的——義父在京城人脈廣，手下琉璃閣雖說是個歡場，卻在京城名聲赫赫，同業間算得上有頭有臉的人物。那自然，大夥兒都願意賣幾分薄面，有什麼爭端糾紛都能平心靜氣地坐下來好好商量，求一個皆大歡喜的局面。

而鯤鵬社也好，染翠也罷，在京城裡都只是顆小沙塵，雖然閒逸居知道染翠身後有個琉璃

閣，可染翠那會兒還因為任性行事正和義父鬧脾氣呢！幾乎可以算是孤單無靠了。

於是，染翠甚至連嘴都還來不及開，閒逸居的護院就動手了，那可砸得叫一個暢快淋漓、俐落乾脆，但凡目所能及的東西一樣都沒放過，狂風暴雨後徒留滿地瘡痍。

事了，閒逸居掌事人端坐在唯一一把完好的椅子上，手上捧著染翠先前奉上的好茶呷了兩口，笑吟吟道：「小翠兒啊，我呢也是看著你長大的。從你那麼小一丁點兒的時候，就看你跟在你義父身邊出出入入，京城裡但凡與風月沾點邊的行當，誰不疼你呢？」

說著，男人朝染翠覷了眼，擺出了一臉唏噓，很是恰到好處的撩起了染翠滿心的火氣，面上卻還是得陪著笑應道：「松客叔叔對小翠兒的好，我也都記在心裡。」

——好你個大頭鬼！

——你叫誰小翠兒呢！我呸你的！這臉都快趕上糖炒栗子的鐵鍋那麼大了吧！

說起這閒逸居雖是南風館，可大夏南風太盛，與琉璃閣本就有那麼點王不見王的意思，眼前這位松客公子身為閒逸居掌事人，染翠還是頭一回與之面對面說上話呢！

真要說到兩人曾有過什麼交集，約莫就是他十二、三歲的時候，松客公子不知什麼原因找上了他義父，送了一匣子個頭有拇指大的綠珍珠當拜帖，染翠從義父手上分到了兩顆。

那兩顆名貴的綠珍珠也在這次被染翠賣掉湊錢建立鯤鵬社了。

松客又對染翠笑了笑，「你還記得就好，那你便該明白，今日不是叔叔下你的面子，讓你丟臉，而是教你做人的道理。你年紀輕，有些事情做得不夠周到，原本怪不得你。可咱們同樣是為了過日子，都只是混一口嚼穀，你一榔頭砸了叔叔的飯碗，叔叔也只能砸了你的鍋回敬一二。」

染翠聞言不由得環視了小小店面，一個時辰前，這兒還是間麻雀雖小、五臟俱全的地方。他用心布置過，雖說沒擺設什麼名貴的瓷器珍品，但還是有一套出自大師徒弟之手的茶具，以及幾

件頗有靈氣的擺件，和一幅三年前從義父私庫裡摸走的吳道子真跡。

這眼下，那幅傳承數百年的畫破破爛爛地落在地上，踩了無數的鞋印，連上頭原本畫了些什麼都看不清楚了，更別說那套茶具也好，擺設也罷，一樣沒落全都稀碎地散了滿地……這豈止砸鍋？是連灶臺都給拆了個乾淨。

染翠腦門抽抽，胸口悶著一口氣險些提不上來，要不是年輕人一股子韌性撐著，他當場就能翻白眼厥過去。

松客也懶得聽他回話，今日上門就是來給個下馬威的，他早瞧琉璃閣不順眼，兩方向來就明爭暗鬥，可因為閒逸居畢竟是個南風館，隱隱的還是被琉璃閣壓了一頭，難得有個由頭能洩洩心裡積壓已久的鬱氣，松客自然不會放過。

這會兒，他神清氣爽，特別是瞧見染翠年少秀美的小臉煞白，卻還得強自鎮定的模樣，別提有多暢快了！

他喝完了茶，手一鬆就聽喀嚓一聲脆響，最後一只茶杯也摔碎了。

「哎呀！瞧我，竟然忘了你這兒沒桌子。對不住啊，摔壞了你的杯子，小翠兒可別怪罪叔叔。」松客掩唇笑得眉眼彎彎。

砸吧，反正多砸一個杯子少砸一個杯子又有何差別呢？

染翠平靜地看著那多出來的碎片，唇邊的笑意像是僵在了臉上，一動都沒動。他現在就盼著松客帶著那群鐵塔似的護院快滾。

「看在你義父的面子上，今日這件事就算揭過了。」松客起身，總算沒讓護院把最後一把椅子也順勢拆成木條。

他走到染翠身邊，親親熱熱地執起少年的手，塞了個青布荷包過去，拍了拍染翠手背，「吃一塹長一智，看看你這雙手生得多好？手上一塊兒疤都沒有，嫩生生的瞧起來就是個好命的樣子。所以啊，這麼嫩的手，就別伸太長了，否則哪天讓人拿刀剁了，可對不起琉璃閣主人對你的愛護，是不？」

松客嘴裡每個字都溫柔軟噥，卻都棉裡包針，染翠幾乎把後槽牙咬碎了才穩住面上的平靜，拚死不讓嘴角的笑扭曲。

他點點頭，一臉乖巧，「叔叔說得是，小翠兒記住了。」

「可得記好，別輕易忘了……想想，你有多少間店能讓人砸呢？」松客又拍了拍染翠的手背，便俐落轉身帶著一眾護院離開了。

染翠全身僵硬地站在滿地狼藉中好半晌，腦子裡都是空白的，竟一時不知道該怎麼著手整理眼前的殘局。

「主子？」通往後院的門簾這時候被掀開，走出個十二、三歲的圓臉少女，是他身邊服侍的丫鬟。

適才松客帶著人打上門的時候，染翠怕小姑娘受到波及，乾脆地把人推進後院，命令她待著直到人離開了才准出來。

小姑娘阿蒙心裡又急又怕，但又擔心自己出去會給主子添亂，只能在後院縮著身子拉直耳朵，偷聽外頭的動靜，松客那夥兒人離開後，她就趕忙出來了。

眼下，原本顯得有些侷促的店面，寬敞得令主僕兩人心慌，他們面面相覷了好半晌，阿蒙才躊躇地指著染翠手上的荷包問：「主子，裡頭是什麼？」

染翠僵直著頸子，垂眼一瞥手中的荷包，他手指冰冷得幾乎動彈不得，試了幾次索性把荷包扔給阿蒙，「妳打開來看看吧。」

阿蒙自己也還沒緩過神來，險些沒接到主子拋過來的荷包，深喘了幾口氣後，才小心翼翼抽開荷包的束口，探頭往裡看了看。

「是……」阿蒙抿了抿唇，小臉一時紅一時白，末了嗓音乾澀地道：「裡頭是五十文錢。」

鯤鵬社入社費就是五十文錢，包含一本被稱為《鯤鵬誌》的名錄，以及半年不限次數的飛鴿傳書交友。

這五十文錢就像一個巴掌，狠狠地在染翠臉上留下了浮凸的五指印，搧得他暈頭轉向，踉蹌了幾步險些跌坐在地。

所幸阿蒙一箭步上來扶住了他，半拖半抱地把人安置在孤島一般的椅子上。

「主子……」阿蒙似乎想說什麼，但染翠抬手制止了她。

今日的事情，染翠可說是裡子面子全丟得乾乾淨淨，半點顏面都沒能剩下。他也終於意識到自己有多天真了。

確實，正如松客所說，他被義父寵得太好，渾然不覺外頭天有多高、地有多厚，失去了義父的羽翼，他在這京城裡可說任誰都能踩一腳，要是不盡快強大起來，以後砸店這樣的事情，恐怕還不知道要發生多少回。

他又有多少臉能供自己丟呢？

難道要回去同義父服軟？讓義父繼續護著自己？染翠在心裡狠狠搖頭，他都十七歲了，正常這個年紀的男子本就該靠自己立在這天地之間，無論是成家也好，立業也好，總不能兩頭不沾繼續依靠義父當個廢物吧？他還想著，若是鯤鵬社立起來了，他還能反哺義父呢！

可也因此一事，染翠徹徹底底悟了，鯤鵬社看似沒動到誰的大餅，實則幾乎把風月圈子裡每個人的餅都咬了一口，他若沒個足夠堅實的靠山，開多少次店都不夠人砸的。

那他能找誰當自己的靠山呢？

染翠拿著掃帚收拾地上的狼藉，那張吳道子的真跡他讓阿蒙先收進他後院的臥室了，腦子同時飛快地轉動。

和每個不願意繼承家業，一心想靠自己建功立業的少年郎同樣，染翠並未把這次滑了個大跤，連灶臺都讓人拆個乾淨的事告訴義父。至於義父是否輾轉透過其他人的嘴聽聞此事，染翠就放寬心懶得探究了。

鯤鵬社所在的小店舖花了三四天才整理妥當，染翠並不急著立刻再次開門迎客，沒能找到靠山，開了店也只是換個人來砸。

那日之後他便派阿蒙去打聽過消息了，得知松客之所以帶人上門鬧事，不出所料是閒逸居裡的紅牌動了凡心。

但凡說起閒逸居，便不可不提到梅蘭竹菊四位公子，妥妥的鎮店之寶，全都是清倌，世上所有的讚美之詞堆疊在他們身上，都不顯得突兀。既有上佳的樣貌，又有絕倫的才華，多少文人墨客趨之若鶩，但凡少了其中之一，閒逸居的流水就得減上幾百兩銀子，更加沒了與琉璃閣叫板的底氣。

鯤鵬社很不巧，就吸引到了梅蘭竹菊中文名最盛、最清雅秀絕、最高不可攀的那一位蘭公子。原本吧，交個朋友倒沒什麼大不了的，千不該萬不該，蘭公子動了真心，與某個在秋水長街上賣燒餅的小販看對了眼，幾封書信來往過後，就起了不該有的心思——私奔。

當然，這整件事染翠是參與其中的，畢竟賣燒餅的小販哪裡會寫字？大字都不認識幾個，寫信讀信都得麻煩染翠。

染翠自己呢，讀是沒問題的，寫卻不大擅長，文采可以說是沒有，只求一個通順好懂，字更是除了自己的名字外都寫得跟狗爬似的，還沒有貼身丫鬟阿蒙的字好看。

也不知道蘭公子那麼一個名滿京城的才子，怎麼就看上了賣燒餅的小販和那一手狗爬字？染翠痛定思痛地反省了自己的粗心，在阿蒙帶回消息前，他渾然不知自己的會員裡竟然有這麼一尊玉佛，更不知道自己險些挖了閒逸居的牆角。

這麼一想，松客砸店的舉動，倒挺情有可原的。

也是，斷人財路者如殺人父母，他這次被砸灶臺也不算冤了。

染翠拿起小本子，用自己的狗爬字小心翼翼地記下：必須得徹底詳查會員的身家背景，切不可懶僡，免得惹上麻煩。

後來這個小本子隨著鯤鵬社的再次開張與拓展越寫越厚，整整十年都陪在染翠身邊，不過此乃後話，表過不提。

最重要的，還是得背靠大樹好乘涼。染翠細數京城裡自己見過的人，九成九都是義父的人脈，他要是用了，約等於重回義父的羽翼之下。十七歲的少年心高氣傲、臉皮又薄，再者他也清楚，若是又遇上閒逸居這樣的事情，義父除了被他拖下水一塊兒丟臉外，其實也幫不上什麼太大的忙，一人做事還是得一人當的。

可惜，染翠自認想得挺透徹，世事卻沒他以為的那般良善。

鯤鵬社這門一關，就關了近半年，染翠和阿蒙主僕兩人逼不得已每日做些繡品出去賣，否則就要連飯都吃不上了。

所幸染翠雖為男子，女紅手藝卻是拔尖的，兩三個月過去後，不知不覺身邊又有了一小筆銀子，足夠讓染翠外出應酬，建立自己的人脈了。

只是這點銀子著實不多，過日子可以，但若用在與人酬酢就遠遠不足了，得花用在刀口上才行，那麼……染翠掂著手中的十數兩碎銀，沉吟。

他倒是有個人選，就是不知道攀不攀得上？

誰知，染翠這回才瞌睡便有人送了枕頭，他還沒謀定好下一步路，便有人主動找上門來了。

看著眼前高大英俊、渾身貴氣的男子，滿京城大概就沒這麼粗壯的大樹了吧？畢竟，這人可是當今聖上一母同胞的親弟弟，榮親王闞成毅。

染翠當下不著調的想，如若萬一榮親王要的是自己的清白，那也算一本萬利的好生意了。儘管闞成毅大了染翠十來歲，樣貌卻依然年輕又俊美，即便隔著深色寬大的衣袍，仍是寬肩窄腰、高大精悍，要是放進《鯤鵬誌》裡，怕是連松客都會動心加入交友的行列吧！

染翠腦中算盤一撥，看向闞成毅的目光瞬間就變了。如此粗壯的百年老樹光用來乘涼太浪費，他還能薅幾籮筐葉子賣人當柴火燒呢！

有了闞成毅，他手中薄得能被風吹跑的《鯤鵬誌》，不用多久肯定能厚到足以墊屋腳啦！

「你這眼神本王挺熟悉。」闞成毅閒適地靠坐在主位上，修長有力綴著有幾個薄繭的手指，在身側的桌上敲了敲。

咚咚兩聲，叫回了正在腦中暢想光明前程的染翠的魂。

少年一個激靈回過神，見到眼前百年老樹似笑非笑的神情，連忙將飄散太過的思緒一一抓回來，露出乖巧又不至於過於討好的淺笑，對闞成毅拱拱手。

「不知道榮親王想草民做些什麼？」染翠是天真了點，但腦子卻好使，雖然一開始被這天上砸下來的餡餅敲暈了腦袋，卻也很快收拾好心緒，品出一股子不尋常來。

別的不說，他一個平頭百姓，能拿得出嘴的身分就一個琉璃閣主人養子，還不值得榮親王這等身分的貴冑放心上，更別說刻意拜訪了，還開口就說要加入鯤鵬社當會員，哪哪兒都透著一種

不懷好意。

「一點小忙，不會為難小東家你。」闞成毅一雙桃花眼極為招眼，笑起來的時候形狀彎彎，眼尾有些微褶皺，透著股親熱勁兒，很好說話的模樣。

染翠恍了一瞬，但很快提起全副精神應對：「敢問榮親王口中的忙是？草民年歲尚輕，恐怕無法……」

客氣話還沒說完，榮親王便抬手制止，「小東家無須推拒，本王聽說半年前閒逸居的人曾上門找不痛快，是否？」

一招斃命，染翠哽了下，隨即端起笑容，轉口道：「榮親王請說，但凡用得上草民的地方，絕無二話！」

形勢比人強，不管來的究竟是餡餅還是鶴頂紅，左右染翠已經別無選擇。他本也不可能把這座靠山往外推。

「本王希望你說服琉璃閣的主人上《鯤鵬誌》，方便交個朋友。」

果然來意不善！染翠險些維持不住臉上的笑容，他再次反省自己是不是真被義父保護得太好了，怎麼這京城裡誰都想從他身上咬塊肉？他簡直就像一顆被剝光的芡實，清透透、水靈靈、香噴噴，誰都可以一口吞。

他不能再咬後槽牙了，再咬下去牙都要碎了。

「榮親王若是想與義父交個朋友，上琉璃閣不是更快嗎？」

染翠還想再掙扎掙扎，他就是不想依賴義父才苦撐了大半年，這會兒還是得靠義父度過難關，這些日子的苦不等於白吃了嗎？

「本王自有計較，小東家就說這個忙幫不幫？」闞成毅笑問，手指又在桌上敲了敲。

染翠牙酸不已地瞅著眼前氣定神閒的人，總算穩住嘴角的笑，「幫。」能不幫嗎？雖然對不起義父，但交友是一回事，交不交得成是另外一回事，他大可以在義父耳邊嚼幾句舌根，吊著闞成毅的胃口，偏就不讓他得償夙願。

心裡暗戳戳地撥著小算盤，染翠收下了闞成毅的入會費五十文錢——闞成毅還險些給不出來，畢竟他堂堂榮親王，身上哪會揣著銅板呢？

轉頭，染翠腆著臉回家找義父，半是撒嬌半是耍賴，也因著義父心疼他這半年來受了苦，最後竟真被忽悠成了鯤鵬社的會員，還揮手給了五十兩。

受了苦，尊嚴也扛不住折腰後，染翠也頓悟了。

靠自己立起來，不只是靠兩片嘴皮子一碰就行的，送上門來的幫扶沒道理往外推，但義父對自己的好，他都記著，往後肯定好好孝養義父。

至於，闞成毅不過花了一年時間就把琉璃閣主人叼回自己窩裡圈養起來；琉璃閣除了是全大夏都赫赫有名的歡場，私底下還做起了消息買賣的生意；乃至於榮親王一點一點把鯤鵬社吞掉，染翠從小東家成了大掌櫃……這一樁樁一件件，那時的染翠都不知道。

而也是打自榮親王成了鯤鵬社會員之後，但凡有點眼色的人都不會上門鬧事，甚至松客公子還擺宴同染翠就砸店這件事致歉，甭論真心有多少，起碼染翠心裡舒坦得想繞京城跑一圈，吼個幾嗓子把積壓的鬱氣全吐出來。

他就這樣勤勤懇懇地經營著鯤鵬社，從一間小店，做到了繁華市街上的大舖子，最終這隻鯤鵬如染翠所願，飛遍了九州大地。

一眨眼，過去了十年。

染翠坐在馬面城的鯤鵬社分社裡，優雅地呸出兩片瓜子皮，難掩新奇地瞅著站在店門口，小身板抖得幾乎散架，卻硬著頸子不退，神色僵硬仍試圖擺出滿臉凶色的少年。

少年剛出現在門邊時，尖銳地吼了一嗓子：「叫蕭延安出來見我！」語尾還因為太過緊張岔開來，原本氣勢洶洶的少年當即狼狽地脹紅臉，肉眼可見地又羞又慌，恨不得當場挖個洞把自己埋了。

兩相一對比，依然嗑瓜子喝茶的染翠，別說多愜意了。

半晌得不到店裡唯一活人回應的少年，訥訥地張開嘴，話還沒出口，先嗆咳了好幾聲，看得染翠都替他沒臉。

「這位客人，您是要寫信呢還是要讀信呢？」也算心疼這小少年，染翠好心開口遞梯子。

鯤鵬社在馬面城的掩護是間書畫舖子，書沒幾本，畫也沒幾幅，與城裡幾間大的書舖子不能比，主要是替鄉里鄉親代筆寫信，或者讀信。

要知道馬面城地處邊陲，又連年征戰直到前幾年才穩定下來，多數居民都不識字，所以鯤鵬社打掩護的行當生意，倒是比飛鴿交友要更熱絡。

「叫蕭延安出來見我！」少年好不容易喘過氣，就又開口嗆呼。

「蕭掌櫃不在。」染翠好脾氣地回應，指了指跟前的椅子，「您要不坐下喝口茶，吃個點心，等一等？」

少年嘴裡喊著的蕭延安是馬面城分社的掌櫃，長得斯文俊秀有些弱不禁風的，文采極佳，還

曾有過秀才功名。可惜家裡人犯了事，他功名被拔且一生不得再參加科考，輾轉便成為了鯤鵬社的掌櫃之一。

染翠對手下的掌櫃們，都是知根知柢的，蕭延安為人和善甚至有些過於軟和，被人侃幾口油的事時有所聞，但要說他與人有齟齬，卻是萬萬不可能的。

倒不是說他行事多滴水不漏，而是脾性使然，縱使有人罵上門了，蕭掌櫃都能笑面相迎，還請人喝茶，就怕對方罵得多了口乾傷嗓子。

「呸！誰要吃你的臭點心！」少年罵道：「你快叫蕭延安出來見我！」

「這點心是西四巷子裡拮芳食堂做的糯米糕，可香了。」染翠掂起一塊糯米糕，當著少年的面一口咬下大半塊，就偏不回應蕭掌櫃的事情。

少年也總算回過味來，知道染翠逗著自己玩呢！一張巴掌大的小臉紅得幾乎泛紫，氣得連連喘氣。

「你、你……你不會就是蕭延安吧？」

「我說不是，你信嗎？」染翠撣去手上的糕餅碎屑，看向少年的目光絲毫不掩飾憐憫。這傻孩子，都打上門來了，怎麼幾句話就自己透了底呢？他這一問，不但洩漏了自己不認識蕭掌櫃是誰，還洩漏了挑事的原因。

染翠替自個兒添上了茶啜了口，尋思到：蕭掌櫃這人很有點戀家，除了上工時坐鎮分社，平日裡幾乎能做到大門不出二門不邁，馬面城恐怕都沒幾個姑娘有他的嫻靜淑雅。

初一十五時，大戶人家的小姐還都會去寺院道觀上上香、踏踏青呢！可蕭掌櫃不會，他會在家裡焚香讀書，偷得浮生半日閒。

今日恰好就是十五，蕭延安算準了染翠忙完《鯤鵬誌》及飛鴿交友事宜，得了三五天空閒，

於是大著膽子求染翠替自己一天工，這會兒肯定家裡讀書讀得不亦樂乎。

這樣的蕭掌櫃自然也沒條件招惹連面都沒見過的人，要知道他連對象都是公器私用靠《鯤鵬誌》找的。那麼，這位少年既沒看過蕭延安其人，顯然也沒條件和蕭掌櫃有什麼大夥兒都不知道的瓜葛，那只有可能是飛來橫禍。

而這個橫禍必定屬於人禍無疑。

見少年又要開口轉車軲轆話，染翠索性截了他話頭：「你是范東明的誰？」

少年被這話問得噎了噎，小臉煞紅煞白，半張著小嘴一時不知如何回答。

「看來確實與范東明有關了。」染翠嘆口氣，又指了指一旁的椅子，「你還是坐下吧，站著說話多彆扭呢？」

這個范東明，便是蕭掌櫃透過《鯤鵬誌》遇上的良人了。

自打十年前染翠因為沒查清楚會員根柢而被砸店後，就從沒忘記仔細調查每個有心加入鯤鵬社之人的身家信息，免得又惹上一身腥。這不光是為了鯤鵬社的營生，也為了會員們的安全，畢竟染翠一開始的目標就是想成就好姻緣，可不能搞得滿地爛桃花吧？

所以范東明自然也是被鯤鵬社養的一票探子仔細摸過底的。

這個男子沒什麼不好，長得一表人才不說，還是馬面城少數的書香門第出身，前兩年考了個舉人功名在身，今年也不過二十三，稱得上年少有為、文采卓絕了。目前在府衙裡當主簿，將來約莫是會繼續上京趕考的，說不準哪天就成了真正的官老爺也未可知。

扣除前程的光明不說，范東明這人在鄉里鄉親嘴裡都是交相稱讚的，人品好不說，為人也老實可靠。范家家風嚴格，教出的子弟個頂個都是社稷棟梁，沒聽說什麼藏汙納垢的骯髒事。

如此好男兒，蕭延安完全是矇上的。

人家蕭掌櫃其實對找個人過日子沒什麼興趣，他自己可以過得很舒坦，鯤鵬社對自己人那是好得沒話說的，月錢給得優渥不說，逢年過節乃至大掌櫃心血來潮，都會再增加幾樣添頭，吃穿用度面面俱到，可以說進了鯤鵬社的門，哪天死了都不用怕沒人幫著收殮祭祀。

這樁姻緣始於范東明頭一回踏入鯤鵬社的瞬間，籠統些說就是一見鍾情了，心頭小鹿在見了身穿淺青儒衫、手捧書卷、被一束恰恰自窗稜斜射而入的冬陽籠罩的蕭掌櫃後，咄！一下在心房上撞了個頭暈眼花，從此再沒緩過神來。

說來也巧，蕭掌櫃前些日子心血來潮，想著自己當了鯤鵬社這麼久的掌櫃，卻沒嘗試過飛鴿交友似乎有些不盡責？所以就捏造了身家訊息，上《鯤鵬誌》權當暗訪。

范東明一開始沒意識到《鯤鵬誌》第七十四頁上那位相貌寡淡到見之即忘，據稱是某店鋪帳房先生的男子是什麼人。可月老牽姻緣線的時候，往往不講道理。

那間店鋪趕巧了，恰好查出某位帳房昧了店裡的銀子，東家一狀把人告上衙門，為了調查清楚有無共犯，官府便將整間鋪子裡的帳房先生都訊問了個遍。

范東明身為主簿，雖然並不參與審案，卻要負責將案情線索整納歸冊，這才發覺《鯤鵬誌》上的那個人，壓根不是這間店鋪的任何一名帳房先生。

鯤鵬社對會員身家探查是極其嚴謹細緻的，絕計不可能出現這般混水摸魚之徒，老早該被鯤鵬社的護衛扠出去，這輩子別想再踏入鯤鵬社的地界一步。那便是說，七十四頁上那個男子，很可能是個托？可鯤鵬社又哪裡需要托呢？這不是打自己臉，純粹拆自己招牌嗎？

抑或是，鯤鵬社裡的主事人隱藏身分上《鯤鵬誌》交友來著？念頭一閃過，范東明就坐不住了，他必須想辦法證實自己這個猜測。

後頭他刻意結交了鯤鵬社的畫師，又用盡各種手段打探消息等等這一切努力，染翠全透過探

子呈報的訊息半點沒落下，知道得一清二楚。扣除蕭掌櫃這個當事人，全馬面城分社從夥計到粗使丫鬟，大夥兒就像在瓦舍裡看話本似的，圍觀得欲罷不能。

不過呢，原本染翠是不同意范東明染指自家蕭掌櫃的，甚至一度想取消范東明的會籍。倒不是這人被查出什麼見不得人的陰私，或有什麼上不得檯面的糟糕嗜好，恰恰相反，染翠顧慮的是范東明這人太好了。

持平地說，南疆地區的《鯤鵬誌》翻開，百來號會員中，范東明的樣貌及身家都足以排在前十，稱得上萬裡挑一的香餑餑。不光受鯤鵬社會員青睞，他身邊的欽慕者也不在少數。

特別是他有個嫁得不遠的姑母，生了四男三女，小兒子不過十四、五歲，正是少年人情竇初開之時，對范東明這個優秀的表哥，自然很是上心了。

染翠調查過了，這個小表弟長得玉雪可愛，住在離馬面城約兩日車程的康興縣，父親是地方上的商戶，家裡頗有些恆產，做的是陶瓷生意，自然對家裡子女萬般嬌寵，尤其是這小兒子，不但長得特別好看，還是老來子，更是恨不得寵上天去了。

可以想見小少爺的脾氣肯定不小，就算范東明早就言明與小表弟之間絕無可能，那又如何？表哥喜不喜歡自己，都不妨礙小少爺喜歡他，自然也攔不住打小就要星星不給月亮的任性小少爺，對表哥的癡纏了。

范家長輩對小輩間的交際倒是樂見其成，並不覺得有什麼太大的問題，都想著小少爺長大了，對范東明的心思自然會冷卻，拖上一拖、敷衍一二也就行了。

原本范東明也是這麼個意思，直到見到蕭掌櫃為止。

染翠後來指示繪師鬆口把蕭掌櫃的消息透露給范東明，也是看在這男人硬氣起來，疏遠了這個小表弟的緣故。

後頭的事就水到渠成了，蕭掌櫃對范東明的文采傾倒不已，兩人脾性相近，喜好相似，連文采都在伯仲之間，簡直不能說處得水乳交融，而是雨水落入池塘裡，不分你我。

迅速將范東明的事情在腦子裡過了一回，染翠自然猜到眼前人是誰了。

少年尚且不知道自己連眼前人是誰都還不知曉，自己的底褲卻早都讓人扒光了。

他仍然半仰著小臉，惡狠狠地道：「我高興站著說話，你管得著嗎？」

是管不著，染翠眼裡的憐憫又深了幾分，這孩子看起來腦子不怎麼好使，白白糟蹋了那張漂亮的臉蛋，連端架子都不懂得端，染翠遞了幾次梯子都不肯爬，怎麼就有膽子上門討說法呢？

這約莫就是所謂的「不知者不懼」吧？

「那喝口茶吧？潤潤嗓子也好接著……」唷呼。染翠吞了最後兩個字，思忖也該給少年留點臉面。

適才那幾嗓子已經吸引來左右店鋪的好奇窺探，都多少年的街坊了，這條街上就沒人不知道蕭掌櫃，多多少少都請過蕭掌櫃代筆寫信或讀信，自然也深知其為人。

少年圓溜溜的眼睛轉了轉，很是防備地瞅著桌上斟滿的茶杯，熱氣裊裊上冒，帶著一股清凜的茶香，一聞就是好茶。他心裡有點躊躇，畢竟確實嗓子吼得有些乾了，但就是拉不下臉。

於是少年還是皺了皺眉，很有骨氣地啥也不碰，堅決不接受任何示好。

染翠倒有點佩服了，雖然少年腦子不好使，想不到卻挺有骨氣。不過吧，這麼僵持著也不是辦法，對方看來沒見著蕭掌櫃是不會罷休的，染翠也不能隨便關門歇業。

義父以前就說過他屬車轂轤的，要不是人得吃飯歇息，他能一天十二個時辰都用來工作。

「那麼，這位公子可願意說說，找蕭掌櫃有何指教？」

染翠見多了少年這樣的人，勸是勸不走的，他們的腦子不帶轉彎，就是傻在這兒發呆，在沒

見著他們想見的人之前，就是用七十四馬都拉不走。

這時候最好的辦法是讓他們抒發心中鬱鬱，氣散完了，面子上也掛不住了，自然便會離開。而且因為臉皮薄，短時間內都不會再上門找晦氣，染翠便能趁機提醒范東明，好好把後院裡的柴火給收拾乾淨，省得哪天真燒起來了，染翠定然不會忘記加柴添火。

「我……我為啥要同你說啊？」沒想到，少年戒心倒高，小眉頭蹙起戒備地瞪著染翠，「我說了，你會願意讓我見蕭延安嗎？」

「這也難說。」染翠笑答。

「你是不是……想騙我啊？」少年眉頭鎖得更緊，單手防備地擋在胸口，往後退了兩步。

「你說，我想騙什麼呢？」騙是沒打算騙的，就是想忽悠忽悠罷了。

被這麼一問，少年咬著唇茫然道：「我怎麼知道……你就算不是蕭延安，那也是蕭延安的人，我都知道，這間書畫舖子不乾淨！偷偷摸摸地做些見不得人的營生，不知羞恥！」後面幾句話，少年彷彿找到了主心骨，聲音也大了幾分。

「你聽誰說的？」染翠挑眉，少年話裡的意思倒讓他有些意外，莫非知道有鯤鵬社存在？

「哪裡還、還用誰告訴我！蕭延安堂堂一個大男人，卻那般不要臉地勾引我表哥！這間店，肯定不乾淨！表哥真傻，他定然是被蕭延安這隻狐狸精騙了，才會、才會……」少年恨恨地閉上嘴。

染翠卻沒客氣，笑得一臉親切和氣地補上：「才會不要你了？」

少年猛得抽了口氣，小臉又紅又青，淚花在眼裡直轉，「表哥才沒有不要我！你胡說！胡說八道！表哥就是一時被騙了！你叫蕭延安出來見我！把表哥還給我！」

「這位公子，在下適才也說了，蕭掌櫃不在。你要不改日再來吧？」染翠依然好聲好氣地

勸，嘴裡的瓜子卻沒停下來，配著少年磕磕絆絆、情真意切的悲痛哭喊，別說吃得有多香了。

這個午後時分，街上行人三三兩兩，少年哭喊的聲音雖然不小，卻也沒引起多少人的注意，染翠盤算再吼個幾嗓子，這小少爺大抵就後繼無力了，於是他索性任由少年去了，權當聽戲班子吊嗓子。

「我才不相信你！這間店的掌櫃不就是蕭延安嗎？他一個掌櫃不在店裡，還能在哪裡？」少年哭得有點喘不上氣，腦子反倒清醒不少。

「他是不是躲著啊？我告訴你，這種小計謀沒用的！表哥今天陪著大伯娘去金水寺禮佛了，他找不到人告狀的！」

染翠笑而不答，這時候說什麼話都是拱火，再說了，他就算不回話小少爺也能自己滔滔不絕說個不停。

「表哥最疼我了，他從小就捨不得我傷心，我一哭他心裡就急，換著法子逗我開心。我五歲那一年，表哥原本要去秋鼓山書院讀書的，可我捨不得他，就抱著他哭了好久，誰勸我都不停。」小少爺的思緒彷彿回到當年，梨花帶雨的小臉上透著一抹懷念跟笑意，溫柔地吐了一口氣，「表哥自然心疼我，他怕我哭壞了眼睛、哭壞了身子，便摟著我安慰我說他不去書院啦！留在馬面城上族學就是了。」

「他確實挺疼愛你的。」染翠嘆為觀止，也算是明白為何范東明與眼前這嬌俏俏的小表弟走不到一塊兒了。

說起秋鼓山書院，可是大夏朝名聲赫赫的書院之一，雖未能名列天下四大書院，排在五、六位卻是有的，且藏書更是書院中首屈一指的豐富。向來只收年紀在十五歲以下，已有秀才功名的學生，且要經過幾次考核成績優秀者才准入學。說是天下學子擠破腦袋想進去都不誇張。

范東明能進秋鼓山書院，可見確實有龍躍鳳鳴之才。若他當年進了學，這會兒絕不只是在馬面城這樣的邊陲地方做個主簿。儘管他的前程是自己選的，但小少爺那兒也使力不少。范東明不記恨他，還真是豁達大度，稱得上一聲謙謙君子。

只可惜這小少爺渾然不覺自己做了什麼渾蛋事，反而還很沾沾自喜，小臉上的淚痕未乾，嘴角卻已然翹起來了。

「表哥不疼愛我又能疼誰呢？我和他是天上注定的一對兒，否則又怎麼會我喜歡男子，表哥也恰好喜歡男子？這普天之下，又有誰能配得上我？」

「這話不假。」也只有范東明那麵團似的脾氣忍受得了這個小表弟了。

「我本想著，等十八歲了，就和表哥結契。阿爹阿娘都同意了，原本籌算再幾個月便上表哥家商議此事……誰知道！半途竟然殺出一個蕭延安！」

小少爺心裡那個恨啊！眼淚又開始往下掉。

「人算不如天算啊……」染翠恰到好處的應和了句。

「呸！哪有什麼天算！這分明就是有人存心設計！你說，這舖子書也不多，畫也沒幾幅，究竟靠什麼營生？這裡頭肯定有鬼！」少年抹著眼淚，鼻音濃重卻篤定，他狠狠瞪向染翠，「你看起來也不像正經人，這一身花花綠綠的打扮，我看了都扎眼睛，窯姐兒都沒你穿得花俏。」

「你還知道窯姐兒什麼打扮？」染翠調笑了句，半點沒把少年語氣裡的怨毒放心上。這種家養的小花，就算身上有刺也都是軟綿綿的，染翠連回懟都嫌浪費力氣。

「我……」少年脹紅著臉還想反駁幾句話，一個行商打扮的中年男子突然跨進店裡，張口叫道：「蕭掌櫃的！」

——唷豁。

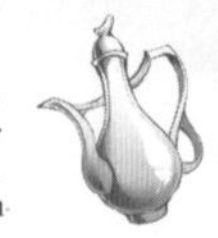

染翠眼見少年僵硬了一瞬，接著露出被欺騙的憤怒，瞪大了眼、舉起手抖呀抖的指向染翠，「你！你原來就是蕭延安！」

——這可太冤枉了！

「不不不，我還真不是蕭延安……」

「他都叫你蕭掌櫃了！」少年立刻指向中年男子，「你是不是叫他蕭掌櫃！」

男人被這樣蒙頭蓋腦地喝問，腦子一時轉不過來，下意識點了頭。畢竟，他本就是來找蕭掌櫃的，只是沒料到店裡的人與他要找的不是同一個，而且他似乎添亂了？

「這位公子，小的……」中年男子驚覺自己點錯了頭，正想開口解釋呢。

少年腦子卻早就轟的一聲，因為羞恥與憤怒沸騰得像鍋煮糊的粥，啥都聽不見了，眼裡只有那可氣又該死的「蕭延安」。

他果然是個壞東西！小少爺喘著粗氣，目露凶光，死死盯著染翠，一口秀氣如玉石的小白牙咬得喀喀響，「你果然騙我！你就是這樣騙走表哥的吧！」

第二章　別摸得太順手，要懂得矜持

黑兒坐在一旁看著染翠專心致志地寫字。

但染翠卻沒注意到，滿心眼都放在筆上及紙上，他專注至極的時候漂亮的狐狸眼會微微瞇起。

心裡說不上什麼感覺，興許是覺得有些可愛吧？黑兒暗暗嘆口氣，扣住了自己發癢的手指，忍著不去抹染翠眉間的痕跡。

染翠察覺狀況不對，也不再優閒地喝茶嗑瓜子了，警覺地站起身，謹慎地關注少年的動作。那眼神，看起來恨不得拿刀子攮死「蕭延安」，染翠可半點不敢掉以輕心。

行商大叔見事態緊張起來，忙著想解釋，可小少爺壓根就忘了店裡還有這個人，他尖利地吼了一聲後，猛地朝染翠撲過去，十指成爪看來是打算薅頭髮了。

「不是的，這位公子……」

打人不打臉，這難道不是家教嗎？染翠身形俐落地閃過小少爺的爪子，腦子轉得飛快，思索該說些什麼先把人穩住了再說。

今兒運氣不好，他身邊的丫鬟阿蒙跑去城外筆架山上的掬月庵參加法會了，馬面城的鯤鵬分社原本就比其他地方的分社要小，平日裡一個蕭延安就足夠應付了，這會兒竟找不到人搭把手！

染翠氣哼哼地想：明兒就從鵝城調一個護院和一個夥計過來，再遇上同樣的事情，就把鬧事的人直接團吧了扔出店門！

「你別跑！」小少爺一擊不中，更是怒得氣都喘不勻了，滿臉猙獰地又撲向染翠。

「那您也收收爪子如何？」

若只是薅頭髮，丟臉是丟臉了點，倒也便罷。可兩撲之後，染翠看明白了，小少爺的爪子可不是對準頭髮，而是對準了他的臉，這是打算讓他破相啊！

日你個先人板板！染翠心裡忍不住爆粗，孩子能這樣寵的嗎？無法無天的，根本是個禍害！莫怪乎范家人也並沒想要親上加親，對蕭延安十分滿意，畢竟放小少爺這樣品性的人進家門，哪天整個家被拆了都不意外。

「蕭延安！你敢做不敢當！」幾次出手都被染翠避開後，小少爺猛地停下腳步，喘著粗氣之餘依然扯著嗓子吼叫個沒完，整個人看起來要氣瘋了。

染翠也躲得累了，他平日裡哪有機會這樣動身子？忙碌的時候，一整天除了解手外可以連椅子都不離開的，他都佩服自己能在少年的撲擊下毫髮無傷的保住自己，就是那位少爺氣已經快喘不上來了。

「于公子，您誤會了，咱們不如好好坐下把話說清楚了？你就算想討回范東明，那也得找對人討不是？」染翠勉強說完這段話，身上的力氣也差不多用盡了。若是還勸不住于小少爺，那他只能……總之先護住臉，寄望這會兒愣在門邊手足無措的客人能去報官來救他。

「你、你連我姓于都知道？」于小少爺倒吸一口涼氣，小臉刷白得都有些泛青了。在他心裡，眼前的「蕭延安」就是個揣奸把猾、滿肚子陰謀詭計的惡人！既然都知曉自己是誰了，怎麼還有臉在那兒裝無知呢？

要命！染翠真是累昏了，他這會兒還在喘粗氣，腦子裡嗡嗡響呢！這才一時不察說禿嚕嘴。

「阿章說得對，我要想討回表哥，最好的方法就是……」于小少爺眼神迷離了一瞬，很快堅毅起來，似乎下定了某種決心。

阿章？染翠隔著被踢倒的椅子堤防著少年忽然爆起，也沒漏聽突然被叨念的名字。

總覺得有哪裡不對勁……

「你要恨，就恨你自個兒吧！」于小少爺猛地怒吼一聲，小小的身子像抹小閃電般衝向手腳軟得跟麵條似的染翠，手上隱隱握著什麼東西……

是匕首！

染翠悚然，他比于小少爺要高了半個腦袋，這匕首的刀刃直接會戳進他肚子裡，日你個先人板板！他現在壓根沒力氣躲，總不會要交代在這裡了吧？這也太憋屈了！

少年衝上前的速度太快，染翠只來得及往後讓了兩步，眼看匕首就要扎進身體，他下意識閉上眼，也因此沒見到一抹矯健的身影在千鈞一髮之際，從店外如同一抹電光般閃入，直直地擋在染翠與匕首利刃之間。

噗滋一聲輕響，是刀刃戳入肉裡的聲音，染翠卻沒感到一絲疼痛，他連忙睜開眼，一張熟悉的黝黑面龐印入眼簾，這會兒正因為疼痛皺著眉。

「黑……黑兒？」染翠抽了口冷氣，不敢置信地眨了眨眼，接著很快回過神，往于小少爺的手看去。

黑兒是側著身擋在兩人之間的，那把匕首完全沒入黑兒腰側，露在外頭的只剩一個刀柄。握著刀柄的于小少爺明明攮了人，卻彷彿自己才是被攮的那一個，臉色白如紙，抖如篩糠，連帶著匕首也跟著抖個沒完，看得染翠胸口猛抽。

「別抖了！」染翠斥喝，想吃了于小少爺的心都有了！

「噫呃！」少年宛如被掐著脖子的母雞短促地叫了聲，看起來像是被嚇傻了，怔怔地瞅著皺眉不語的黑兒，以及神色凶狠的染翠，下意識就要縮回手。

我操你祖宗十八代！染翠心裡爆了聲粗。

猛一把扣住少年的手，猙獰道：「住手！不准拔刀！」

這刀一旦拔了，血就會立刻噴湧出，饒是黑兒久經沙場，身強體壯，也得去掉半條命。于小少爺又被嚇得一哆嗦，卻也不敢違逆染翠，乖乖的一動不動。

他確實腦子不好使，秉性又驕縱任性，但基本的臉色還是懂得看的。染翠雖然沒說什麼，但他知曉自己這次闖了大禍，要是再不乖覺些，眼前這一直笑盈盈逗自己玩的「蕭延安」，保不定會做出什麼讓他後悔終生的事情。

「別擔心，我已經點了幾個穴止住血，拔了匕首也不怕。」黑兒低沉柔和的聲音與往常並無

不同，安撫了染翠幾句。

「你先坐下歇著，我去找大夫來……」染翠說著，用眼神示意于小少爺鬆手。

少年咬著嘴唇，臉色慘白，握著匕首的手因為太過用力，一時竟鬆不開來，只得用空著的那隻手一根一根掰開握刀的手指，再把手小心翼翼地挪開。接著他扶起倒在地上的椅子後，便乖得跟隻鵪鶉似的，縮到一旁去了。

染翠輕手輕腳地扶著黑兒在椅子上坐好，抬頭瞧見在門外探頭探腦的左右兩旁店鋪的夥計，連忙拱手道：「對不住，能否替染某找大夫來？」

「叫了叫了，很快就會到了。」答話的是左側賣米麵的店鋪夥計，與染翠也很熟絡：「染大掌櫃啊！這怎麼回事？要不要替你報個官府啊？」

「多謝，但染某還需要計量計量。」他看了眼縮在牆角乖得連呼吸都不敢大聲的于小公子，心裡冷笑。這時候知道怕了？早些時候怎麼就敢拿刀。

左右店鋪的夥計聞言也不意外，眼下既然沒有出人命，那傷人的少年又一身看了就貴重的華服，他們這些個市井百姓恐怕都不夠人家玩上一回合呢。自然是大事化小、小事化無最好，免得往後生意難做。

「染大掌櫃要是有需要的地方，喊我們一聲就行！」

「多謝。」染翠拱手致謝。

果然，大夫來得很快，約莫不到半刻鐘，便步履匆匆地帶著小藥童一塊兒到了。

染翠迎入大夫後便拉上店門，有些事得關上門好好處置處置。

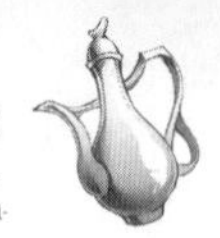

黑兒的傷不算太重，他壓根沒把這傷看在眼底。

且不說于小少爺才十五歲，年少力氣輕，像隻小雞仔似的，能掄動多重的武器？這柄防身用的匕首刀刃銳利是銳利，長度卻比一般匕首要短，若非黑兒因為事出緊急，已無暇護著染翠躲開，不得不靠肉身擋下這刀，他是連層油皮都不會被劃破的。

再說了，他軍旅多年，一身腱子肉虬結精悍，想戳得深一些是得廢點勁兒，于小少爺是吃了天時地利人和的優勢，這才順利把刀攮入黑兒腰側，雖說乍看之下似乎黑兒受了罪，得將養兩三個月，但實際上于小少爺也扭傷了手腕，淚眼汪汪地捧著手縮在店鋪一隅。大夫替黑兒包紮完，開了藥正打算離開時，才發現他握刀的那隻手腕已經腫得跟麵龜似也。

本者醫者仁心，大夫問了聲染翠是否替于小少爺正骨療傷，染翠聞言走上前看了兩眼，笑彎了一雙狹長美目，輕飄飄丟下句：「隨意，可我不付他的診金。」

于小少爺彷彿被當面甩了兩巴掌，垂著腦袋細聲道：「我有錢，大夫你替我瞧瞧吧。」只要診金有著落就行，大夫一句話都沒再多囉嗦，利索地正好了于小少爺的腕骨，抹上了藥膏，交代了幾句如何養傷，就帶著徒弟走了。

既然閒暇人等都不在了，染翠對于小少爺揚揚下巴道：「你隨便搬張椅子坐下，晚些咱們再來把這筆帳算清楚，你想清楚要怎麼給個交代，明白了？」

「明白……」于小少爺笨拙地用單手拉著張凳子照樣縮在屋內一角，左右有厚實的牆夾著自己，撲通亂跳的小心肝才勉強安定下來。

他都想不明白，今兒自己原本是上門討說法的，怎麼會搞成現在這副模樣？可他也知曉，這會兒最好裝孫子，還是裝個啞巴孫子，「蕭延安」越晚想起他越好。

一眼看穿于小公子心裡想些什麼，染翠輕輕哼笑聲。他一笑，少年就哆嗦一下，非常像一隻

努力不被老鷹發覺而僵直裝死的兔子。

既然對方乖了，染翠就先晾著他不管，眼前有更重要的事情。

他走到黑兒坐著的躺椅邊拍了拍男人粗壯修長的大腿，「挪個位置。」

黑兒瞟他眼，默默動了下腿，空出個恰好夠一人坐的位置來。染翠便不客氣地坐下，甚是自然地把黑兒的腿當放手的架子。

「你怎麼突然來了？」染翠半是埋怨地問。

他倒不是不感謝黑兒救了自己，可看人莫名其妙被捅了腎，心裡就是不得勁，有股說不上來的怒火往外竄。

「我替吳先生來拿信的。」黑兒應道。

「喔……」染翠搔搔鼻尖，想起自己先前替吳幸子收的幾張鯤鵬圖。

「關山盡又惹吳先生不高興了？」這話問得隨意，左右無論惹沒惹吳幸子生氣，他早都看透了，鯤鵬圖壓根是那對契兄弟之間的情趣。

「這倒不是……」黑兒沒深說，他向來不會多議論自己的上峰或同僚。

染翠也知道他嘴裡撬不出東西來，只用手拍了拍男人壯實的大腿，又揉了兩把，下一瞬手腕就被黑兒扣住了，「別動手動腳的。」

「就順手……」染翠撇撇唇，暗暗嫌棄黑兒小氣。

但凡男子，無論喜不喜南風，都難掩對充滿男子氣概、魁梧雄奇如銅澆鐵鑄般肉體的欣賞。染翠對黑兒沒啥下作的想法，就是挺喜歡他高大精悍的體格。畢竟染翠自己是光吃不長肉的身形，雖然個子高䠷，卻太過文弱纖細，他自己是不怎麼滿意的。

「還是別太順手，要懂得矜持。」黑兒可說是非常苦口婆心了。

「喔。」染翠明顯有聽沒有進，空著的那隻手指動了動，很快就控制不住地又在黑兒大腿上摸了兩把。

難得男人因傷躺在自己眼前，不趁機摸兩把多虧？

「染翠！」礙於腰上的傷，黑兒的行動多少受了限制，控制不住青年兩隻手，只能靠嘴嚴厲地輕斥。

「欸。」偷摸到了心情愉悅，染翠半瞇著狹長的狐狸眼，安分地縮回手，問道：「借我幾個人吧？」

「你要做什麼？」黑兒身為南疆軍的參將，手下確實有不少可以用的小兵。借人手幫些小忙倒無妨，可他擔心染翠要搞事。

雖說此事於他而言是無妄之災，可黑兒半生軍旅，性子又端正坦蕩，要他說最好的方法便是將傷人者送衙門審理，而不是私下動手了結。

「我要把于小公子的爹娘請來，替你要點養病的銀子。」染翠露出一抹狡黠的笑。

縮在角落的于小公子聽見染翠打算將自己爹娘請來，立刻坐不住了，跳起來氣憤大喊：「你、你這人怎麼這麼壞！我一人做事一人當，何必把我爹娘拖下水！」

「你能當什麼？」染翠側頭懶洋洋地瞥他一眼。

「你能做主動用家裡的銀子賠償我的損失、支付鎮南大將軍心腹黑兒參將的養病錢嗎？你打算用多少錢解決這件事？嗯？說說？」

幾個問題把于小少爺問得啞口無言，張著小嘴脹紅臉，眼裡又聚積起了淚花。

瞪了半晌，小少爺憤恨又委屈地應道：「你這人簡直壞透了！黑心肝黑心腸！滿嘴都是錢，小雞肚腸！」

「對，我壞透了，比不上于小公子為人善良。表哥不要你了，就能拿著刀上門傷人，連蕭延安長什麼樣子都不知道，就敢揮刀亂砍？我一輩子沒見過像你這麼好的人。」染翠依然笑吟吟的，嘴巴上卻絲毫不客氣，懟得于小少爺臉色乍青乍白，一句反駁的話都說不出來。

「我、我不是存心的……」張口結舌半晌，于小少爺毫無底氣地為自己辯白了句。

染翠呵呵兩聲，懶得理會，逕自低頭又問了黑兒一回：「借不借？」

黑兒先看了眼在牆角縮成小小一團，一邊掉眼淚一邊狼狽地用手掌抹淚的少年，再回頭瞅著對自己笑得張揚的染翠，點頭，「借，你要多少人？去哪裡？什麼時候把人押來？」

「你考慮得挺周全啊？」染翠滿意地點點頭，「也不需要多，于家人只是普通商戶，你手下那些人抓他們跟抓小雞一樣，四個人就行了。你寫張字條，等阿蒙回來了我讓她去跑一趟，詳情等人到了再說。」

「也行。」黑兒說著就要下躺椅，腰上的傷因為治療得宜，又沒流多少血，除了移動時有些疼痛，黑兒自覺與平時無異。

染翠卻連忙制止他：「你才剛傷著，養病錢都還沒拿到呢，不急著下床。字條我寫吧！要是沒帶私章，蓋手印也行。」

簡直像是無良商家正忽悠人寫欠條，打算把錢一股腦騙走的氣勢。

黑兒倒無所謂，誰寫不是寫？但他記得染翠不愛寫字，蓋因他那一手狗爬字是有點不上檯面，與鯤鵬社大掌櫃這個身分並不匹配，平日裡處理公務，就愛拿個刻著圓圈的印章，用一方靛青色的印墨，在有問題的地方上蓋圈。

那塊印墨成色極好，彷彿一汪湖水凝結而成，透著些許珍珠般的盈潤光暈。染翠喜歡這個顏色，往往把卷宗也都蓋得藍汪汪的，一度搞得各分社掌櫃、密探們叫苦連天，都快看不出究竟哪

兒是真有問題，哪兒只是大掌櫃覺得蓋了漂亮才蓋的。

後來是阿蒙託黑兒勸染翠幾句，黑兒不覺得自己的話能起什麼作用，但見他們都病急亂投醫找上了自己，也不好推辭，硬著頭皮勸染翠克制點蓋章這事。

也不知是他勸說起作用了，或是染翠察覺自己給下屬添麻煩了，總之那日之後總算不再每份卷宗都藍汪汪的了。

恰巧店裡筆墨紙張都齊備，染翠走到桌案前對著于小少爺招手，「來，搭把手。」

「欸？」于小少爺嫩臉一皺，開口就想拒絕，他從小就沒搬過什麼重物，這輩子拿過最重的就是先前攮了黑兒臀的那柄匕首了，染翠要他幫忙搬桌案，想都別想。

「我是同黑參將借四個人去你家好聲好氣地請你爹娘，或是借十四個人打上你家揭瓦拆牆，再將你爹娘綁來，全看你的態度了。」染翠還是那臉親熱的笑，語調也是軟綿綿的，頗有種江南水鄉的風情。

于小少爺卻縮起肩，感覺後頸發涼，連連哆嗦好幾下。

「我、我也沒說不幫……」連忙起身靠上前，忍著手傷的疼痛，哼哧哼哧把桌案拉到黑兒的躺椅前，又機靈地搬了把椅子過去。

染翠讚賞地瞅他一眼，在桌案前坐下，「會磨墨嗎？」

「會……」于小少爺忍辱負重，乖乖拿起墨條，在硯臺裡加了些水開始磨。

而染翠則對著筆架上幾枝筆挑挑揀揀，每枝都取下來試握，比劃兩下後又掛回去。最後拿起了掛在最尾端，看起來幾乎沒用過幾回的小羊毫筆在手上揮了揮，滿意地點點頭，而後攤開一張紙。

「我磨好了。」于小少爺也正巧開口。

「磨得還行。」染翠瞥了眼硯臺裡絲滑的墨汁，隨口一讚。

于小少爺才不領情，他平時讀書寫字都有書僮隨侍，哪還需要自己磨墨？也只有想和表哥相處的時候，才會自告奮勇幫表哥磨墨了，可惜表哥總是拒絕自己，這些年來攏共就磨了三次。

可他打聽過了，那個還不知道長什麼樣的蕭延安，據說和表哥在一起的時候，總會幫忙磨墨，表哥從沒拒絕過，甚至有時還反過來替蕭延安磨墨！一個落魄到只能在書畫舖子裡幫人代筆寫信的人，憑什麼資格陪在表哥這樣前程似錦的男子身邊？

磨磨磨，磨什麼墨？磨的究竟是墨，還是磨著人心啊？等他搶回表哥，就讓人磨一缸子墨灌給蕭延安喝！

「你心裡想著：『我就是要找蕭延安麻煩！表哥是我的！』對吧？」

染翠淡然瞥他一眼，用手上的筆在墨汁裡抹了兩下，並在硯臺邊將多餘的墨汁撇去，隨口說出的話嚇出于小少爺一身冷汗。

「我、我、我才沒這麼想！」于小少爺結結巴巴地否認，渾然不知自己慘白的臉色早把自己賣得一乾二淨了。

「你別胡說八道，是不是想趁機多從我家裡薅幾把羊毛？」

染翠在下筆寫字前好笑地覷了眼少年，「你就當我多事，所以勸你幾句。等此間事了，你好好學著用腦袋，別給人騙還幫著數錢，數完錢還又賣了自己一回。」

「你什麼意思啊？」于小少爺雖然聽不懂，卻知道染翠在調侃自己，鼓著小臉生氣。

開始寫字後染翠就不再理會他了。

染翠從十年前就是一手狗爬字，十年後的現在這字也沒進步，反倒是貼身丫鬟阿蒙的字越寫越好，平日裡需要對外寫信都是讓阿蒙代筆，於是鯤鵬社以外的人，都以為染翠大掌櫃寫得一手

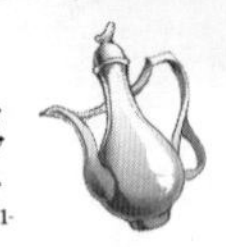

秀緻的簪花小楷。

黑兒坐在一旁看著染翠專心致意地寫字，一筆一畫都下得小心翼翼，撇捺鉤挑折都半點不打折扣，半懸的手腕纖細柔軟，似乎有些飄動，但染翠卻沒注意到，滿心眼都放在筆上及紙上，專注至極的時候漂亮的狐狸眼會微微瞇起，眉心打著淡淡的折。

心裡說不上什麼感覺，興許是覺得有些可愛吧？黑兒暗暗嘆口氣，扣住了自己發癢的手指，忍著不去抹染翠眉間的痕跡。

約莫一刻鐘，染翠終於把字條寫好了，他鬆了一大口氣，隨手把筆掛回筆架上，撈起寫好的字條吹乾上頭的墨跡。

果然，還是一手狗爬字。每個字單看倒是不醜，就是每一筆都少了些力道，像一朵朵雲在紙上飄來飄去，組合起來的字也跟著虛浮異常，彷彿風大點就會被從紙上吹落。

一旁的于小少爺噗嗤笑出來，他在染翠這兒吃了好大的鱉，哪能不趁機嘲笑幾聲？能膈應膈應染翠也好。

染翠像是沒聽見，轉頭把字條遞給黑兒，「你瞧瞧這樣寫成不成？我尋思啊，四個人不夠展示我的誠意，所以我多加了兩個人。放心，往來路費、路上吃穿用度，都包在于家身上，不會虧待你手裡人的。」

于小少爺又噎了聲，不可置信道：「什麼叫做都包在于家身上？憑什麼！」

「憑你在我手裡啊。」染翠一臉看傻子地憐憫回道。

少年一口氣差點沒緩過來，氣得心肝脾肺腎哪哪兒都疼。

「你不要臉！我告訴你！我表哥可是馬面城府衙裡的主簿！知縣大人可看重他了！你有膽子就找他來，我看你能扣著我多久！」

「知縣大人看重你表哥，可你表哥看重的卻是蕭延安啊。」眼看于小少爺氣焰又高漲起來，染翠不吝惜幫他消消火氣，當頭就是一盆冷水澆上去。

於是小少爺又被氣哭了。

「真不耐玩。」染翠有些惆悵。

「你差不多就行了。」黑兒也感到無奈。

他將字條遞回給染翠，接著從暗袋裡掏出私印，「拿去蓋吧。讓阿蒙把字條交給滿副將，他安排的人更順你的心意。」

「瞧你說的，像是我唯恐天下不亂似的。」染翠故意擺個臉色，末了還是笑了，「我就不信知曉你受傷後，滿月會比我更耐得住氣。他和關山盡的胳膊往裡彎得都要折了，于家肯定想不到自己會惹上那麼個煞神。」

「我其實傷得也不重。」黑兒嘆氣。

「這我不管，我就知道你受了傷，還讓大夫縫了幾針。」染翠大馬金刀坐在椅上，翹起了一腳，鞋尖在半空中晃啊晃的，很是愜意。

「你不是蕭延安的手下人嗎？你這麼做不怕我表哥怨怪蕭延安嗎？」知道事情已經不可能善了，于小少爺這會兒是真的有些怕了。就算是他，也聽說過鎮南大將軍關山盡的名號，那可是能止小兒夜啼，修羅鬼神一般的人物啊！

可眼前這個笑吟吟的漂亮男子，卻隨口直呼大將軍名諱，莫非自己真惹了不該招惹的人？

「我是真不怕。」染翠托著自己下顎，瞇著笑眼道：「你表哥要是行差踏錯了一步，我就把蕭延安調離馬面城，讓他去管含州淄光縣的分鋪。」

含州比京城要更北一些，淄光縣離馬面城差不多得花上半年以上的時間才到得了，這還得是最順利的狀態下才行。

一旦蕭延安被調去淄光縣的分社當掌櫃，這段姻緣差不多可以說是前途無望了，只能等范東明哪天考上進士，是否有足後的好運能留在京城當官，還有那麼點可能維繫。

不過，就算可以，他們也得先分開三年。

「你猜，范東明若知道是你攪了他的姻緣路，他是會恨我還是恨你呢？」

這可真是個好問題，而于小少爺愣在當場，他竟然未曾想過。

約莫十日前，康興縣的大富戶于府，出了點不大不小的事情。

事情出在後宅，但卻不是姨娘之間的鬥爭，于老爺沒有納妾，只有一位相濡以沫的老妻，鶼鰈情深可謂羨煞旁人。

于夫人替于老爺生了七個孩子，四子三女，除了長女不幸夭折，剩下的孩子都健健康康地長大成人。

兩個姑娘嫁得好，雖不是什麼高門望族，卻也都是殷實人家，三個已成家的兒子全在家裡的商鋪幫忙，也都勤勤懇懇、腳踏實地的過日子。

出事的是于府的小少爺于恩華。起因於他聽聞心悅多年的表哥將在三個月後與某個不知打哪兒冒出來，名叫蕭延安的男子結契，當場把他居住的小院砸了個一乾二淨，又哭又吵了大半夜，直到人都厥過去了才消停。

于老爺對這個老來子是心疼到骨子裡的，打出生開始就沒對這小兒子說過一句重話，要什麼

給什麼，星星月亮都肯替兒子摘，真是寵得都不知道該怎麼寵才是，連于夫人都忍不住勸過丈夫幾回。

可于老爺嘴巴上嗯嗯啊啊地應了于夫人，態度卻未曾改變，反倒隨著兒子年歲漸長，愈加寵得嬌慣非常。

于恩華的表哥是馬面城人士，有舉人功名，是于夫人娘家的子姪，稱得上精金良玉且品貌非凡，于老爺自然對這位子姪很是看重，也決定來年替小兒子說親。

誰知道，半路殺出了程咬金。

于老爺心那個疼啊！看小兒子睡醒了哭，哭累了睡，幾天幾夜下來人都消瘦了一大圈，原本紅潤的臉頰只剩慘白，雙眼又腫又紅，像兩顆水泡子。可他心裡再急，又有什麼用呢？范東明既已喜結良緣，于老爺就是再寵兒子也不能胡攪蠻纏、毀人姻緣吧？只能變著法子安慰于恩華，手邊有什麼好東西就趕緊給兒子送去，就盼望著兒子能笑一笑。

連哭四日後，于恩華不哭了。倒不是他不想哭，而是他哭得頭疼，眼睛更疼，再也哭不出眼淚只剩乾嚎，他自己也覺得沒意思，索性把自己鎖在屋子裡發愣。

他從小就心悅表哥，表哥那麼好，長得好看脾氣也好而且還寵自己，怎麼會轉頭就要與別人結契了呢？

于恩華想不明白，他虛弱地倒在床上，倔強地不肯吃東西，想著若自己餓病了，爹娘指定會傳訊息告訴表哥。

表哥那麼疼自己，當年為了不讓自己傷心，連好不容易考入的秋鼓山書院都不去了，還在他家裡陪了他幾個月才走。

這回，表哥定然也會為了他來康興縣，他便能趁機把心意告訴表哥，就不信那個蕭延安還能變出什麼花樣來阻礙自己！

然而，于老爺還沒把范東明請來，于恩華的好友曾玉章倒是先上門拜訪了。

「百善兒。」于恩華表字百善，曾玉章總是親親熱熱地這般叫他。

「阿章。」于小少爺死氣沉沉回了聲。

「怎啦？這麼憔悴？」曾玉章拉了凳子在于恩華床邊坐下，臉上滿是擔憂。

身為于小少爺最要好也是唯一的朋友，曾玉章也是康興縣數一數二大戶人家的孩子，排行第九，家裡做的是絲綢生意，與于家為世交，從小就和于恩華玩在一起，性格有點軟，說話也都細聲細氣的，明明是大房的嫡子，卻因為出生晚，父親寵妾滅妻，在家裡活得像個不存在的人。

兩人初次見面時，小小的曾玉章才不過五歲，被上頭幾個高頭大馬的哥哥們壓在地上打，臉上沾滿了塵土，像隻小花貓似的。

恰好跟著表哥路過的于恩華見到哭得像貓仔一般的曾玉章，鬼使神差地拉著表哥一塊兒救了人，那天之後兩人不知不覺成為了朋友。

于恩華對范東明的心意，以及來年于老爺要去范家說親的事情，曾玉章都是曉得的。自然，范東明身邊莫名出現一個名叫蕭延安的男人，兩人之間似乎有些首尾的事，于恩華也全都告訴了曾玉章。

面對好友，于小少爺啥都沒隱瞞，心裡一苦、眼眶一酸，淚水又再次滾滾而下，抽抽噎噎地把表哥被人騙了，三個月後要結契的事情，竹筒倒豆子般全說了出來。

曾玉章一手握著于小少爺哭得顫抖的手，另一隻手輕柔地在少年瘦弱的肩膀上輕輕拍撫著安慰，直到于恩華把事情說完之前都沒打過一聲岔，末了輕輕嘆了口氣。

「百善兒別哭，哭壞了眼睛不值得。」曾玉章語調綿軟，見好友哭得直打抽噎，起身替他倒

了杯茶回來。

「喝點兒，別真哭壞了身子。」

「哭壞就哭壞！我等著表哥聽見消息來看我！」

于恩華撇開頭不肯喝茶，他是吃了秤砣鐵了心，絕不能讓那什麼蕭延安順心如意！你做初一我做十五，瞧瞧誰更得表哥喜歡吧！

「傻百善兒。」曾玉章與于恩華相交多年，對小少爺的想法那是知道得頗為透徹的，忍不住嘆了口氣，把茶又往前湊了湊，「你就讓于老爺替你送個信給范大哥，不需要真餓著自己病著自己呀！你瞧瞧，這才幾天，你都快瘦脫形了，何苦呢？」

聞言，于恩華就愣了，他呆了幾息後緩緩瞪大雙眼，接著抽了口涼氣：「阿章！你說得對！我真是……傻了我！」

可不是嘛！他不過想讓表哥心疼自己，來康興縣見見自己，壓根就不需要真的難為自己的身子吧？他哭了好幾天，眼睛都腫了，這要是表哥來得快，指不定自己得用這副醜樣子見人呢！

雖然表哥不是個囿於皮相之人，可他自己沒臉啊！

「我讓人送點粥來給你？吃飽了，我替你參詳參詳這事吧？」

聽到此處，嗑著瓜子的染翠忍不住出聲：「慢著慢著，他輕飄飄兩句話你就聽進去了？」

可憐兮兮只敢坐在角落，手上抓著吃了半個的饅頭，小臉塞得有些變形的少年點點頭，「是啊，阿章很聰明，他雖然沒讀過什麼書，但說的話我都喜歡聽，而且他幫了我很多。」

染翠挑眉，距離于小少爺刺傷黑兒已經過去兩日，同黑兒借的那些人應當也到了康興縣，再兩、三日就會帶著于老爺于夫人過來贖人了。而一開始還氣焰囂張的于恩華，這兩天被染翠一通敲打，人都老實了許多，乖巧得要命。

第一天還哀號著要吃饕餮居的菜，如今就是個白饅頭都吃得其味醰醰。

也因為終於把小少爺馴服了，染翠才終於問起他整件事的來龍去脈，最主要的是想知道他先前脫口而出的「阿章」究竟是什麼樣的人。

既然問起好友，小少爺心裡也有些癢絲絲的好奇，他吞下了嘴裡的饅頭，眨著大眼問：「你為啥特意問起阿章？」

「你也知道我是特意問的？」染翠在椅子上換了個慵懶的姿勢，整個人坐沒坐相，一手托著腮，一手從桌上摸瓜子嗑，笑睨了小少爺一眼。

「繼續說吧，你那些個多喜歡表哥的心事就別再提了，我聽得渾身寒毛嘖嘖嘖嘖，都快要能用來織被子了。」

于恩華鬱悶地癟嘴，他還盼望著染翠能從他的講述裡了解自己對表哥的心意呢！

這幾天他被整治得怕了，眼前笑吟吟的男人不是東西，雖是半點都沒苛待自己，甚至連一句難聽話都沒說過，可話語裡處處夾槍帶棍、棉裡包針的，他就是個死人都沒法子假裝聽不懂了，偏偏口舌之爭他半點勝算也無，只能乖乖忍氣吞聲。

而表哥……第一天傍晚時來見了他一面，遠遠的，甚至都沒靠近，明明才隔了半個院子和一扇門，于恩華卻覺得宛如隔了千山萬水。

而他也是頭一回真正見到了那位蕭延安，一個面皮白淨斯文的男子，靜靜地站在表哥身邊。在見到自己之後，蕭延安不知側頭對范東明說了些什麼，就見范東明蹙起眉，握起蕭延安的手搖

搖頭，遠遠地朝于小少爺瞥了眼嘆口氣，拉著人離開了。

于恩華真是……一口老血哽在胸口，氣得哭了一晚上。

結果第二天一早染翠送早飯來時，看見他兩顆腫得跟小籠包一樣大的眼睛後，噗哧一聲笑得雙肩顫抖，頻頻拭淚，弄得少年又氣又難過，差點又要再哭他個一整天。

最後到底是忍耐住了，畢竟哭這種事吧！萬一都沒人在意，甚至會逗樂某些人，那還真的沒必要再哭了，累又傷眼。

只是……于恩華在心裡對自己嘆了口氣，從一旁的小碟子裡挾了根鹹菜，配著手裡的饅頭嚼了嚼，苦澀地想：這回雖然出師未捷，可我也算懂得怕了。表哥再好，有染翠這尊殺神鎮著，還是乖乖回家過自己的小日子，另尋良人吧。

第三章　私會哪有不爬牆的，是吧？

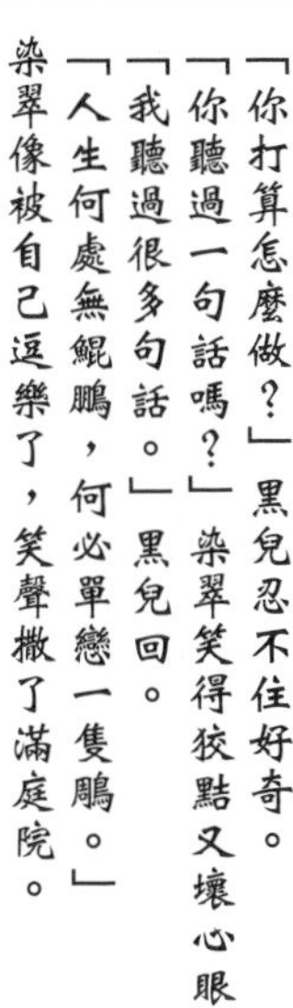

「你打算怎麼做？」黑兒忍不住好奇。

「你聽過一句話嗎？」染翠笑得狡黠又壞心眼。

「我聽過很多句話。」黑兒回。

「人生何處無鯤鵬，何必單戀一隻鵬。」

染翠像被自己逗樂了，笑聲撒了滿庭院。

話說回頭，于恩華很是信任自己唯一的朋友曾玉章，既然對方說要替自己參詳，那自然曾玉章問什麼，于恩華就乖乖回答什麼。

兩刻鐘過後，曾九公子蛾眉微蹙，彷彿有什麼話不忍說出口。

于小少爺喝著粥，等著好友開口。

半晌，曾玉章輕輕嘆口氣：「要不要幫你再添碗粥？多加一些糖？」

于家廚子手藝非凡，單純的白米粥也熬得晶瑩剔透、綿軟香滑，拌上白糖後軟糯甜香不一而足，心裡就是有再大的怨氣，也都能暫時放一放。

曾九這是打算讓于恩華心裡好過點，有些話才好說出來。

左右肚子還沒吃飽，于恩華癟癟嘴，不大樂意地點頭，「好吧，多加兩勺糖啊。」

「曉得了。」曾玉章笑應，接過吃空的碗回頭從砂鍋裡舀了一碗，一連加了三勺糖後小心翼翼地拌勻，這才遞回于恩華手裡。

「來，先吃飽。」

「我吃我的，你有什麼話想說就說吧！」

這糖用桂花熏過，帶著沁鼻的桂花香氣，于小少爺聞著米香與桂花香，心情又平復了不少，想著就算阿章說了什麼刺耳的話，他也願意忍耐幾分。

但曾玉章從來就不是會說難聽話的人，他等于恩華吞了三四口粥，小臉都放鬆下來後，才輕聲道：「百善兒呀，有些話可能……你聽了會不開心，別往心裡去？」

「嗳，你說。」

「我知道你一直心悅范大哥，畢竟范大哥那般天人之姿，文采又好，將來前程也不可限量，也莫怪你從小喜歡他了。」曾玉章柔聲細語地一轉話鋒：「可這樣好的男子，怎麼會只有你喜歡

呢？心悅范大哥的人從來就沒少過，不是嗎？」

要不是于恩華剛把粥吞下肚，這會兒肯定全哽在喉嚨裡，嗆也能嗆死他。

少年眨著紅通通的眼睛，愣愣地對好友點點頭，「你說得是，表哥那麼好，天底下就沒有比他更好的人了，定然許多人喜歡……」

這種事情于恩華哪裡不明白？可為何好友突然提起這件事呢？

「范大哥見過那麼多心悅自己的人，最後卻選了這位蕭延安公子，我想不會是輕率決定的。他定然與蕭公子多有相處，彼此契合，這才定下了白首之約。你不是說你舅家的家風嚴謹嗎？加上馬面城那麼個地方，男子幾乎都不納妾，一人一世一雙人，既然你舅家都同意了，可見蕭公子配得上范大哥。」

曾玉章說完，摸了摸好友毛茸茸的腦袋瓜，「你想想，是不是這個道理？」

「似乎是這個道理……」于恩華含著調羹，含糊地點點頭，腦袋也暈乎乎的。

「雖然縣裡人都說你驕縱任性、無法無天，說你被于老爺寵壞了，誰都得躲著你，惹也惹不起……」曾玉章繼續勸說。

「阿章！」于恩華脹紅了臉，氣憤地打斷曾玉章沒打算停的話：「你是來損我的啊！」

曾玉章噗哧一笑，伸手捏了把于小少爺嫩呼呼的臉頰，安撫道：「怎麼會。我只是想說，外人不懂你，只見著你張揚的模樣，卻不知道剝開來你心裡多軟。百善兒，范大哥那般好，你又那般喜歡他，不甘心是應當的。可是，我知道你心裡最期盼的，終究是范大哥能過上和和美美的好日子。」

「是也沒錯……」于恩華低下頭咕噥，他自然希望表哥將來過得順遂，家宅和睦了，所以才更希望自己是那個陪在表哥身邊的人。

可，阿章說得也是，表哥挑的人肯定是頂頂好的，因此他只能在家裡不甘心地哭幾天，數著表哥三個月後的結契禮，到時興許能隨父母去馬面城露個面，再見見表哥。

「我就是……不明白為什麼……」少年垮下肩，整個人縮成了小小一團，像隻落水的小狗般可憐。

曾玉章憐惜地揉了揉他腦門，應和：「是啊，這件事確實有些太猝不及防了。半年前你不是才去馬面城住了幾天？你寄給我的信裡都是范大哥對你多好，帶著你去玩，為了陪你連府衙都告假了，可見是把你放在心尖上的。」

「可不是嘛！那時候哪來的蕭延安還蕭短安！」想起半年前在馬面城度過的那段時日，于恩華又忍不住鼻酸想哭了。

他就是那時候決定要與表哥共度終生，一回家就和爹娘說好明年提親的事情，誰知道竟然是自己剃頭擔子一頭熱！

「這是，那時候多好呢……怎麼就……」曾玉章微微沉吟了會兒，接著微微搖著頭低聲道：「不不不，定然是我多想了……」

「啥？你多想了啥？我都聽見啦！你別藏著掖著不說！」兩人靠得這麼近，呼吸聲都聽得一清二楚，曾九的呢喃于恩華自然不會聽漏。

他小臉一皺，氣哼哼地催促，心裡好奇得不行。

「就說是我多想了，也沒什麼好說的。」曾玉章卻不願如他的願，嘴上如同把了鎖，摸摸小少爺再次紅潤了些許的臉頰，柔聲道：「你餓了幾天，這會兒不能多吃。兩碗粥夠了，趁著胃裡暖正好睡，你休息會兒吧。」

于恩華不樂意了，他能聽不出曾玉章這是敷衍自己嗎？拗脾氣一下子衝上來：「你說！你不

把話說清楚不許走！我也不睡！哼！」

似是沒料到他真槓上了，曾玉章愣了片刻，面上滿是無奈，「真的沒什麼，我就是隨便想想的，沒什麼好說。你怎麼反倒與我拗上了？」

「我不管，你不說我就不睡，說不說？」

于恩華這幾日都沒睡好，暖暖的粥下肚後，其實早就哈欠連連了，可他早被父親寵得無法無天，想一齣是一齣，不達目的絕不罷休。

曾玉章算是怕了他了，想了想，用力地吐了一口長氣，這才不甚甘願，極為謹慎地開了口：「我就是想，我從小與你及范大哥相識，託你的福氣也算得上與范大哥相熟，對他的秉性脾氣也是知道一些的。范大哥對人溫和有禮，可外圓內方，除了對你特別另眼相待外，對外人實則總少了些親近。」

「這是，你和表哥相識也有十年了吧！可表哥對你總是客客氣氣的，說不上多親熱。」于恩華深以為然地點頭應和。

曾玉章接著道：「是啊。我要不是因為與你交好，范大哥可能早就忘了我是誰了。他看似軟麵團一般隨和，卻是個心有溝壑的，等閒不輕易與人交心。」

「沒錯，表哥就是這般男子。」可惜這麼好的男人，卻選了別人共度餘生，少年胸口又止不住地隱隱發疼。

「所以……我覺得似乎那兒有些不大對勁……」話到這裡，曾玉章又閉起嘴，很是遲疑了半晌：「這就是我胡亂猜測的，你別往心裡去啊？你要非往心裡去，我就不說了。」

「不去就不去！你快說啊！」于恩華的胃口被吊得高高的，心裡像有幾百隻螞蟻在爬，總算明白什麼叫做好奇心會害死人了！

「那好吧……」曾玉章瞅了于恩華一眼後垂下眼睫，語氣略略虛浮：「我想著啊，這才半年時間，范大哥就認識了一個人，還與對方好到決意結契……是否有些太快了，感覺不像范大哥的脾氣。」

曾玉章大抵是覺得自己疑心病過重，又怕于恩華信了去，話語輕得彷彿在飄。然而，聽在于恩華耳中，卻猶如晴天霹靂，重重地、狠狠地劈上了他的腦門。

那頭，說完了自己的猜測後，曾玉章立即露出懊惱的神情，伸手在自己嘴上打了兩下，急促道：「這都是胡話！我真是失心瘋了才會同你說這些亂七八糟的猜側！你千萬別往心裡去啊，百善兒！」

「不！你這話說得非常有道理！」于恩華可不覺得曾玉章想多了，他仔仔細細一回想，霎時驚覺不對勁。

是啊！表哥看起來是個沒脾氣的人，內裡卻很有點成見，脾性還有些獨，並不輕易與人交心。只除了對他，一直以來都哄著寵著，他知曉自己對表哥來說是不同的。

既然如此，這半路殺出的程咬金——蕭延安，就非常可疑了！這麼短的時間，表哥怎麼會對他如此上心，甚至明知道會令自己傷心，依然決意與蕭延安結契呢？

于恩華越想越不對，越想胸口越是氣恨得宛如烈火焚心，他重重捶打被褥，咬牙切齒：「阿章！阿章啊！要不是你提醒了我，我差點就要被唬弄過去了！表哥肯定是受騙了！被那個叫蕭延安的男人騙了！也不知道是下了藥還是行了妖法，這才把表哥的心給勾走了！」

「唉！百善兒！你別胡思亂想，就算范大哥糊塗了，難不成你舅家全家老小也都糊塗了嗎？你只是過不去心裡的坎，都怪我亂說話才……」

于恩華直接打斷了曾玉章的話，小臉紅撲撲的，雙眼更是亮得驚人，「不，你沒亂說話。你

這叫一針見血，說中了這件事的可疑之處！舅舅家雖然家風嚴謹，可表哥一直以來都是舅舅的驕傲，他才多大就已經是舉人老爺了，將來定能光耀門楣的。所以他說的話，舅舅舅母都不會懷疑。那個蕭延安好手段，知道迷惑了表哥，就等於迷惑了整個范家，他肯定沒安好心！

「你想多了，范大哥多聰明的人啊，怎麼會……」曾玉章急著想辯解幾句，可話又被于恩華截去。

「不行！我得去馬面城會會這個蕭延安，讓他離表哥遠一些！」

于小少爺瞬間感覺渾身氣力都回來了，早沒了先前病懨懨的樣子。他得快點救回表哥，然後把心意告訴表哥，他們定能攜手共度餘生的！

「慢著慢著，百善兒你別去了！萬一蕭公子不同意，你怎麼辦？」曾玉章連忙把人又推回床上按著，生怕一眨眼人就跑了。

「我逼他同意！逼他去跟表哥坦白，說他欺騙了表哥！」

于恩華倒不覺得事情有什麼難辦的。在他的想法裡，欺騙人的蕭延安心裡肯定也很不安，生怕被人揭穿，這不就是他能掌握的弱點嗎？他帶幾個高大的護院一塊兒去，威逼利誘一番，肯定能逼蕭延安就範的！

「哪能這麼容易呢？蕭延安能騙得了范大哥，手段定然極為高明，說不准范大哥被迷惑成什麼樣了，就算聽見實話也不願相信的。」曾玉章又勸：「再說了，于夫人也不會放你帶人去馬面城找蕭延安不痛快的。」

于老爺對待小兒子那是如珠如寶，生怕一不小心磕碰著。于夫人可不一樣，她出身家風嚴正之戶，又是馬面城那樣的地方，女子可頂大半個男子使用，哪是什麼嬌嬌軟軟、相公說一不二的閨閣小姐呢？

教導孩子上，于家可謂慈父嚴母，于夫人篤信棍棒底下出孝子，雖說沒真的上棍棒，罰跪罰抄書那是家常便飯，否則照于老爺寵孩子的勁頭，可不會只寵出一個于小少爺。

平日裡小打小鬧勉強還能睜一隻眼閉一隻眼，這會兒于夫人擔心小兒子做什麼出格的事情，早派人守著于小少爺的院子，交代連一隻蚊子都不能飛出來。

「娘怎麼……氣死我了！我得去救表哥啊！這個蕭延安絕對不安好心，誰知道他貪圖什麼？」于恩華心裡那個急啊，推開曾玉章跳下床，滿屋子團團轉。

「于夫人也是擔心你……」曾玉章也起身跟在于恩華後頭轉，柔聲細語地安撫著：「這就是我的胡話，范大哥天縱英才，怎麼會輕易被人給騙去呢？你要相信他。」

「不行不行，我不放心！娘真是的！怎麼也被唬弄了呢？」于恩華轉了幾圈後，喘著氣坐回床上，憤恨不已地搥著床褥，「蕭延安！都是這個蕭延安害的！」

「是啊……要是，沒有他就好了。」曾玉章也轉得累了，坐回床邊的凳子上，用帕子抹去額上的薄汗，隨口說道。

這大概就是所謂的「言者無心、聽者有意」吧？曾玉章似乎渾然沒注意到自己說了什麼，不過就是有感而發。

確實，今天的一切都是源於范東明不知怎麼鬼迷了心竅，喜歡上了蕭延安。若是沒了這回事，也不至於弄到今天這個地步。

于小少爺猶如醍醐灌頂，他睜著圓滾滾的大眼睛，對好友點點頭，「是啊，若是沒有蕭延安就好了。」

曾玉章聽見回應只輕笑了兩聲，全然沒放在心上，只以為是小少爺賭氣說的話。於是順著好友的毛摸，兩人講起了可以怎麼逃出于府、怎麼去馬面城找蕭延安、怎麼逼對方就範，若是對方

真的太不要臉，又可以怎麼辦。

見于恩華越說越開心，精氣神都回來了，曾玉章也安了心。沒再繼續多待，很快就告辭離開，走前還說好第二天會再來探望。

可于恩華沒等好友，他心裡太急切了，一丁點時間都不願意繼續浪費。雖然他帶不了孔武有力的護院幫自己撐場子，可適才與曾玉章說了那一通，他對自己逃出府，跑去馬面城找蕭延安麻煩、救回表哥等事，心裡都已經有了計量。

當晚，于小少爺收拾了個包袱，換上一身青布衣衫，鑽狗洞出了于府，踏上前往馬面城喚回表哥神智，或者解決蕭延安這個麻煩的道路。

于恩華想，他指定能奪回表哥的心的，等他再回康興縣時，就是范東明將來的契弟了！

馬面城因為位處邊疆，是大夏少數施行宵禁的地區之一。

一到戌時鼓樓擂鼓三百響後，城門及所有里坊關門落鎖，各家門戶不准許對外開門，即便在里坊內也不允許開門或外出。

除打更人及巡防衛隊之外，全城街道必須淨空，凡犯夜禁令者，首犯就地笞打二十，下獄半月，罰金二十貫；二犯就地笞打五十，下獄三個月，罰金百貫；三犯則就地杖斃，不問緣由。

夜禁令會持續到寅時，鐘樓敲鐘一百零八響後，始可開啟里坊大門，商攤店鋪也可開門迎客。但直到卯時，城門才會打開，允許旅人行商出入城。

也就是說，若想幹點什麼壞事，要不就得確保自己武功高強，可以神不知鬼不覺地四下遊

走，要不就得趁著落鎖前趕緊幹。

眼看時辰已經來到酉時正二刻，再兩刻鐘鼓樓就要擂鼓了，蓬麻巷子一間早已打烊的書畫舖子邊門被推開，先是冒出一個十八、九歲大姑娘的小臉蛋，靈活的大眼睛左繞繞右轉轉，觀察片刻後又縮回去，甜脆的聲音模糊傳出門外：「主子，外頭都沒人啦！」

蓬麻巷子住戶不多，巷子也不長，幾乎全是商鋪，這種時候早就已無人煙，安靜得掉根針在地上都能聽見響聲。

「好。」清雅帶笑的男子聲音從門內傳出，接著一陣搗鼓聲後，窄窄的邊門戳出一節梯子。

「主子，您小心點啊！」

「放心放心，妳主子我又不是頭一回幹這種事了。」男子笑著應答，梯子就這樣一點點往門外長。

不一會兒，拿著梯子的人也出來了，是個身著短打的男子，他身量修長，卻很是單薄，腰帶一束更顯得腰肢娉嫋，比姑娘家都要來得纖細。然而，男子的動作還算俐落，看得出這不是頭一回幹這種搬梯子的事情了。

等男子搬著整架梯子出了門，後頭跟著一開始露臉的少女。少女手上抱著個酒罈，颯爽地用腳把門給踢上，似乎也沒打算落鎖。

「咱們得快點了，上回已經被陳校尉給逮到過一次，還是看在吳公子的面子放了咱們一馬。今兒領巡防衛隊的是周校尉，他為人嚴肅，肯定公事公辦的。」少女催促搬著梯子，一副優哉游哉模樣的主子。

「不急不急，這不還有兩刻鐘嗎？」男子手上的梯子體積略大，但並不太重。可即使如此，他額上還是很快就布滿一層薄汗，腳步更是慢悠悠的，看得少女不自覺翻白眼。

「主子，咱們還是換手吧。」

「看不起妳主子啊？一個小姑娘，口氣不小啊？」男子調笑道。

「主子，咱們都多少年的主僕了，您平日裡能坐著就不站、能躺著就不坐，外出不是坐轎子就是坐車，這架梯子你搬到半路，指定能累死您。」少女半點沒打算給主子留臉面。

男子聽了也不生氣，仍舊吭哧吭哧扛著梯子回道：「我堂堂七尺男子，還能輸妳這個小姑娘不成？」

「這種事情上，您贏過嗎？」少女一針直戳進要害，男子腳步頓了下，臉上終於出現一抹羞憤的嫣紅，瞟了少女一眼。

可少女絲毫不當一回事，繼續道：「再說了，也不是搬梯子到地兒就好，您不翻牆嗎？總不能把梯子搬到後，走去敲門說您要進去吧？」

要真這麼做，也忒丟人了。

可這種事，以前也不是沒發生過，少女肯定主子絕對記憶猶新。

好吧，男子被自己調教出來的丫鬟懟得毫無回嘴的餘地，只能不甚甘願地交出梯子換來酒罈，果然主僕二人行動起來迅速了許多，趕在最後半刻鐘到達目的地。

但凡馬面城居民都認得出來他們到了哪裡。

一面猶如綿延到天邊的長長圍牆，裡頭包圍的是戍守南疆的鎮南大將軍府邸。

男子與少女並非把梯子往將軍府牆上靠，而是往右走了一小段路，幾面略矮的圍牆出現在眼前，各自圈出一棟宅子，緊鄰著將軍府。

從將軍府的圍牆數來第二棟宅子，才是他們架梯子的地方。

「主子快點，開始擂鼓了！」少女那個急啊！三百鼓點眨眼就過，儘管巡防衛隊最後才會巡

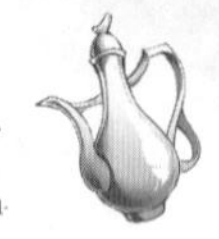

視到將軍府周圍，可凡事不怕一萬只怕萬一，多犯一會兒規矩，就多一分危險不是？

「快了快了。」男子吭哧吭哧往上爬，手上的酒罈已經暫時交至少女懷中，等他上了牆，再接過去換少女爬梯子。

「唉唷！主子您當心呀！」也不知是不是急的，男子爬到一半，鼓點也差不多過半，他一個沒踩穩，身子在半空中晃了晃，彷彿下一刻就要摔下來了，少女一顆心險些從嗓子眼跳出來。

所幸最後穩住了，就是他眼下攀在梯子上的模樣，像隻被鳥串起來的青蛙。男子狼狽地喘了幾口氣，才又繼續往上爬。

這回少女不敢催促了，畢竟她這四肢不勤的主子，也不是沒從梯子上摔下來過。所幸，那回就摔了個屁股敦，除了不可告人的腰臀處瘀青了兩個多月外，沒有任何損傷。

不過少女這回可不敢賭，畢竟她主子都快上牆頭了。

等男子在牆頭上坐穩，接過少女拋上來的酒罈時，鼓點已經剩最後三、四十聲。

少女的動作可比她主子快得太多了，利索地將裙襬撩起紮進腰帶，手腳並用刷刷刷在鼓聲落定前攀上了牆頭。

「主子您別動，放著交給我來。」少女在男子動手前出聲制止了他，就見小姑娘麻利地將梯子一點一點挪上牆，最後搭在牆的另一邊，好讓兩人能爬下去。

下牆的順序倒過來，少女先下去，手上還抱著罈酒，卻半點沒妨礙到她的動作，等男子終於爬下牆的時候，都已經戌時二刻了。

「主子啊，您何苦堅持翻牆呢？」少女站在氣喘吁吁的主子身邊，滿心都是不解。

男子揮揮手，他這會兒氣還沒喘勻了。再說了，少女也並非頭一回這麼問他。

私會，哪有不爬牆的，是吧？他在心裡回道。

又過了半刻鐘，男子總算緩過了氣，主僕二人熟門熟路，順著地上錯落的石板地，往東廂房的方向走。

這幾間半高圍牆圍住的宅子，都是鎮南大將軍身邊左右手居住的地方。不進軍營的時候，幾位副將、參將、軍師等等，都是住在這樣的宅子裡的。

宅子不算大，也就是個一進的院落，一棟宅子住兩個人，比如身為南疆軍參將的黑兒，就與參將之一的方何住在一塊兒。他住東廂房，方何年紀略小所以住西廂房。

主僕兩人來到東廂房的臥室門外，在男子的示意下，少女上前拍了拍門，「黑參將？黑參將？您醒著嗎？」

拍門的聲音雖小，可院子也不大，加之同住的方何本就是個武藝高超的，早在兩人翻牆那時候就聽到動靜了，這時候正好開門出來，「他要是睡了，你們打算怎麼辦？」

「方參將還沒睡啊？」男子聞聲，轉頭對一臉大鬍子的方何拱手。

「沒睡，這才什麼時候？」方何走上前，看了眼男子手上的酒罈，嘿嘿一笑，「染大掌櫃送酒來啦？黑兒身上有傷，不適宜喝酒，不如就到我屋裡去喝兩杯？」

「呸，你想得美！」少女聞言就不高興了，顧不得拍門，一閃身擋到主子身前，「誰知道你是不是醉翁之意不在酒？你這大鬍子最壞了！」

「我那兒壞了？不就是討杯酒喝喝，也不許嗎？再說了，就算我意不在酒，那也不會在染大掌櫃身上啊。」方何搔搔下顎上的大鬍子，語氣甚是無奈。

「誰知道呢……」少女，也就是染翠的貼身丫鬟阿蒙，低聲咕噥。

「妳會不知道？」染翠在一旁挑眉，不客氣地笑了兩聲，「你們兩個暗通款曲多少日子了？這不是當著我的面在打情罵俏吧？」

一竿子把紗窗紙給捅了，方何與阿蒙兩人同時紅了臉，什麼話都不敢再說了。

也正巧，黑兒打開了房門，看著外頭三個人，輕輕嘆了口氣。

「染翠。」他見同僚與阿蒙兩人偷摸著眉來眼去，也不知在吵些什麼情人間的絮語，索性當作沒看見，只招呼了染翠。

「能喝酒嗎？」染翠抬起酒罈，笑吟吟地問。

「能喝兩杯。」黑兒的傷到今日，滿打滿算也三天了。原本就傷得不重，這會兒除了不能與人打鬥，其餘與常人已無異。

「那好，咱們邊喝邊聊，我知道你明兒休沐。」染翠說著，興沖沖就要往黑兒屋裡去，卻被男人伸手攔了一下。

「別進我屋子，裡頭藥味重，就在院子裡喝吧。」

「那也成。」染翠探頭往黑兒房裡張望了下，屋子本就不大，幾乎可以說是一覽無遺，確實有股子挺大的藥味。

「欸欸，也給我一杯吧？」方何連忙要求。

「你湊過來我聞聞。」染翠還沒答應呢，阿蒙先開口了，雙手抱胸神色不善。

這方何是個好人，也是戰場上的一員猛將，雖然腦子單純了些不大會轉彎，但勝在聽話有擔當，染翠對他與阿蒙的事情，倒是樂見其成。

就是其人有個好酒的短處，每天只要不值夜就會喝幾罈，雖說酒量好不至於爛醉，但酒這樣的東西小酌可也，大飲卻傷身。

是故，在阿蒙與方何兩情相悅之後，就盯著他少喝酒。

被阿蒙一說，方何就遲疑了，理由為何顯而易見。

於是，堂堂八尺鐵塔般的男人，被一個身量只及自己肩膀的小姑娘揪著耳朵——他還怕阿蒙踮腳太累，自己彎下了身子配合——叨叨唸唸地拉回了臥房裡。

房門一關，院子裡就剩下染翠與黑兒，兩人莫名同時鬆了口氣。

「嘖嘖嘖，真沒眼看啊！」庭院裡擺著一張木桌及兩把木椅，染翠把酒擺上桌後，轉頭指使黑兒：「快，拿點花生瓜子出來，還有酒杯。」

「嗯。」黑兒進廚房拿了酒杯及花生、瓜子出來時，院子裡已經溢滿清凜又醇郁的酒香，他深深吸了口氣，「是你釀的桃酒。」

「是。」染翠得意地揚揚秀氣下顎，「去年釀的，這時候喝正好。」

「確實不錯。」黑兒贊同，想起以前喝到的桃酒滋味，口中不由得分泌出唾液來。

染翠釀的酒可稱得上一絕，他不能喝太重的酒，卻又喜歡微醺的感覺，所以總自己搗鼓這些玩意兒，地窖裡擺滿了各式各樣親釀的酒，什麼水果花卉都拿來嘗試，意外整出了不少新奇的東西來。

兩人各自斟了一杯酒，揚手敬了敬，分別咕嘟喝下。

「哈！好！我就知道這罈釀得好。」染翠一抹唇上殘留的酒液，忍不住自誇。

「確實好。」黑兒瞇著眼回味桃酒留下的餘味，一絲微甜帶著芬芳，入口滑潤宛若綢緞，眨眼就流入喉嚨，留下清凜的尾韻。

「我可是特意挑選過了，怕你身子還沒好全，這時候喝些甜口的酒，心裡也舒坦。」染翠又倒了一杯酒，這回沒一口悶了，而是貓兒似地啜飲。

「多謝。」能被這樣惦記著，黑兒也不免心口微熱。

「不過，我今天主要不是來找你喝酒的，而是要說說于恩華那件事。」喝完第二杯酒，染翠

立刻把今日拜訪的目的說出來。

「于恩華？」黑兒面露疑惑。

「對，就是那天攮了你腰子的少年。」染翠喜歡瓜子，已經摸了一把開始嗑。

「我昨兒把前因後果都問清楚了，你畢竟受了無妄之災，也該讓你清楚究竟怎麼回事，你也好有個要賠的章程。」

「賠倒也無須賠……」黑兒早就忘了那天攮自己的人長什麼樣子，心裡並不如何在意。

「這件事沒得商量，你自己不開口，就由我開口啦？我什麼脾氣你心裡清楚，最好掂量掂量。」染翠瞇著眼又啜了口酒，整個人都懶了幾分。

明明是關心，語氣卻像威脅，黑兒不禁笑了，「好吧，我見到人再決定要他們賠多少，你先說說于恩華的事吧。」

黑兒的回應讓染翠非常滿意，於是配著酒把于小少爺告訴自己的事情，略去了那些情情愛愛，簡潔地轉述給黑兒聽。

言罷，染翠忍不住笑出聲，打趣道：「這小東西也挺逗，事情都走到這一步，還沒察覺自己被人利用了。」

「曾玉章慫恿的。」黑兒語氣篤定。他雖然長年軍旅，但跟在關山盡身邊久了，自然也見過許多陰私。曾玉章這點手段，騙騙于恩華此等不諳世事的小少爺還行，在黑兒及染翠面前，卻如同沒穿衣服似的，裡裡外外都看了個透。

這個曾玉章看來對范東明也有點心思，指不定暗地裡嫉恨于恩華多久了，眼前這個機會無疑是瞌睡送枕頭，于小少爺心思單純，脾氣卻很衝動爆烈，只需稍加挑撥，就會腦子一熱找上蕭延安。無論最後動的是嘴還是動了手，左右都會惹怒范東明。

從于恩華的話裡來看，曾玉章對范東明的秉性脾氣是知之甚詳的，對于恩華了解就更深了，自然明白大夥兒會怎麼評判于小少爺惹出的事端。

一旦事成，于恩華這個絆腳石輕易就被除去了。

如若于恩華真傷了或更幸運地殺了蕭延安，曾玉章眼前就再無障礙。

染翠輕笑兩聲，回想起于恩華昨兒說完事情後，還感慨曾玉章勸過自己，偏偏自己沒聽勸，這才惹上大禍，甚至落入了染翠手中。

染翠當時笑得差點沒斷氣，把于小少爺笑得滿肚子火氣，鼓著小臉卻不敢多說話，就怕又被染翠敲打一頓。

原本吧，染翠想著，于恩華也不算壞得太過，就是被寵過頭了，斟酌著是否把曾玉章操控他、設計他的事情說了，也好讓少年學個乖。

但染翠腦子又一轉，他見多了于恩華這種沒吃過苦頭的家養小白兔，也不是傻，但就是腦子不開封，像個無用的擺設，只認自己想認的理，沒朝南牆上狠狠撞幾回是不會醒悟的。

他又不是于恩華的親人朋友，充其量就是個債主，何必替于家人教孩子呢？反正于府在地方上也算家大業大，承受得起于恩華被欺負幾次的。

「嗯哼。」染翠點點頭，「所以吧，曾玉章我也不會放過他。」

曾玉章以為自己躲在後頭借刀殺人，能乾乾淨淨地脫身，那也真是想得挺美。

染翠這人護短得很，黑兒是他多年的朋友，哪能吃這種悶虧？再說了，蕭延安與范東明若寄望將來家宅安寧，曾玉章這個麻煩也得趕緊處理妥貼才行。

「你打算怎麼做？」黑兒忍不住好奇。

在他看來，曾玉章雖然不算做得多高明，但性子卻夠狠，肯定不是塊好啃的骨頭，他是不大

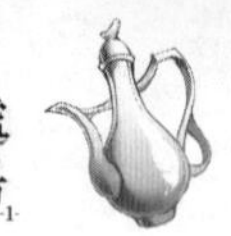

樂意染翠為自己多費心思的。

「你聽過一句話嗎？」染翠又替兩人斟滿了酒，一雙狐狸眼笑得彎彎的，狡黠又壞心眼。

「我聽過很多句話。」黑兒回。

「人生何處無鯤鵬，何必單戀一隻鵬。」染翠像被自己逗樂了，咕嘟一口悶了酒，笑聲撒了滿庭院。

黑兒愣了一瞬，滿臉無奈，「難道不是『天涯何處無芳草』嗎？」後半句又是怎麼回事？

「意思差不多吧。」染翠聳肩，把喝乾的酒杯豪氣地拍在桌上，拿塞子把酒罈封住，「不能再喝了，剩下半罈留給你，就當探病的禮物。」

——意思可差太多了！

可黑兒並未反駁染翠也沒有多問，仰頭喝光最後一杯酒，真誠地道了謝：「你今日也無法回去了，我收拾間屋子給你睡？」

「何必麻煩？和過去一樣睡你屋子不就成了？」染翠可不是頭一回來翻黑兒家的牆，也不是頭一回在這兒留宿了，否則也不至於讓方何有機會被阿蒙看上眼啊。

「適才也說了，我屋裡藥味太重，待在裡頭不舒坦。」

黑兒難得拒絕，說著便起身打算替染翠收拾間房。

可他才起身，染翠也跟著起身拉住他。

「怎麼，你何時學會同我客氣了？」

「這算客氣嗎？」黑兒任染翠拉著自己衣襬，逕自收拾起桌上狼藉。

「怎麼不算？我還記得，我頭一回翻牆來找你時，你懶得替我收拾屋子，索性讓我同你一塊兒睡。那時候你我相看兩相厭，要不是關山盡要你守著吳先生，你總甩臉子給我。瞧瞧，就是現

在這個模樣，嘖嘖嘖，那時候也沒見你吝嗇分我半張床。」染翠像隻跟在母雞身後的小雞，被黑兒帶著滿院子走來走去，嘴巴也不肯稍停片刻。

於是，黑兒綴著一條喋喋不休的小尾巴，收拾好了桌子，將沒吃完的花生瓜子及兩個酒杯一塊兒拿回廚房裡，刷了杯子碟子，最後回到自己臥房前，染翠恰好說完最後一個字。

不得不說，時間掐得可真好。

「染翠，別這樣。」黑兒無奈，但還是語調溫柔地與染翠商量：「或是我今晚和方何睡，你住我的屋子？」

「那阿蒙怎麼辦？」染翠因為喝酒的關係已然微醺，粉白的面頰紅得艷色照人，一雙狐狸眼更是霧水濛濛，像一潭湖水，盪漾著盪漾著，盪得黑兒心頭無法控制地緊了起來。

「我屋子旁的耳房是收拾好的，過去她不也都睡那兒嗎？」黑兒依然好聲好氣地勸：「來，鬆手，都多大的人了還像個孩子。」

「就不鬆。」染翠哼哼，反倒把手抓得更緊，黑兒的外衣都給扯歪了。

「于恩華捅的明明是你的腰，怎麼你像是被捅了腦門似的？過去阿蒙與方何清清白白，睡耳房也理所當然，可眼下他們都什麼關係了？方何前些日子已找冰人來說親，我合計著阿蒙也是該嫁人的年紀了，打算探探她的口風，想什麼時候把這樁事給辦了。」

「是嗎……」黑兒倒不訝異聽見這等私事，點點頭心想，確實是他思慮不周了，商量道：「那這麼辦吧，我去睡耳房，你睡我的屋子？」

「黑兒。」染翠咋舌，對男人的一再推拒甚是不滿，「你怎麼說也還傷著，我能讓你睡耳房嗎？你今兒古裡古怪的，究竟怎麼回事？」

知道染翠不會輕易罷休，黑兒扶額，深深地嘆了口氣，低聲道：「染翠，咱們不能再繼續做那件事了。」

「哪件事？」染翠一挑眉，唇角眉梢都壞心眼地飛揚起來，「說清楚，哪件事？是不能搶你被子，還是不能打呼磨牙，或是不能睡到半夜踹你下床？」

「這些也不行……」黑兒忍不住瞟了染翠一眼，這小狐狸壞得很，在他床上睡的時候彷彿煎烙餅，一個晚上能滾遍整張床，黑兒後來索性準備上兩床被子，多多少少阻擋了染翠的驚鴻舞，替自己求來半宿安眠。

可他意指的卻並非這些事情，染翠自然也門清，這會兒顯然存心逗著他玩。

「喔——」青年拉長了語調，笑意藏都藏不住，他還是抓著黑兒的衣襬，另一隻手卻搭上男人的肩，把半個身子都靠上前，湊在黑兒耳邊輕聲道：「那就是，要我別玩大金鵰是吧？」

黑兒黝黑的面皮無法控制地脹紅，神色隱藏不住狼狽，「染翠！你管好自己的嘴！」倒有些像惱羞成怒了。

染翠瞧了他這副模樣，被逗得哈哈大笑，更放肆地把大半身子都塞進黑兒懷裡，兩人就在臥房門外，親密地依偎在一起。

「別這樣嘛！我都好些日子沒見到你那隻金鵰了，他過得好不好啊？有沒有好好吃飯啊？是不是又大了點呀？想不想我呀？」

一連幾個問題，把黑兒問得臉色暗沉如水，恨不得把懷裡的人抓起來打幾頓屁股，看能不能將人收拾得安分些。

「染翠，閉嘴。」先前的溫柔消失得一乾二淨，男人伸手像抓小貓似地扣住懷中青年纖細的後頸，警告地捏了兩把，可惜出口的話卻沒有手上的狠勁：「我還傷著，經不起你這玩鵰的好手折騰。」

染翠噗嗤一聲笑得雙肩顫抖，被黑兒這兩句求饒的話給逗得樂不可支。

「我曉得你傷著，那天我就在邊上，瞅著大夫替你把口子縫起來。」

提到那道刀傷，染翠直起腰，不再懶洋洋地把大半身軀壓在黑兒身上，「你不是說沒事了？怎麼，還需要本公子的憐惜嗎？」

黑兒不是個口齒便給之人，面對染翠幾乎全無招架之力，除非兩人打算僵持在房門外一晚上，否則到頭來他總得屈服。

而他也確實屈服了，否則還能怎麼辦？且不論他身上帶傷，多少需要休養，染翠的小身板也扛不住一整夜不睡。

心裡那個鬱悶啊，可黑兒也不再掙扎，又捏了捏染翠後頸，「分你半張床睡一晚可以，別的事萬萬不可做。」

「這我承諾不了，你若是擔心我玩鷗，可以把我架在門外一晚，我不會怪你的。」染翠笑道，腰一軟又癱回黑兒身上。

黑兒真是拿懷裡的人一點辦法也沒有，這張嘴伶牙俐齒得過分，每每朝他的軟肋踩，總能順心如意。

黑兒又嘆口氣，攬著人推開房門。

屋內草藥的味道往外散，染翠抽抽鼻尖，臉上的笑容淡了些。

第四章　你說，我是不是該交個飛鴿之友呢？

「主子，您有心事？」

「也算不上心事，就是想著，是不是要來個飛鴿交友？」

阿蒙聞言猛地瞠大雙眼，一言難盡地瞅著自家主子。

嘗試情愛滋味？

不是，主子這不正和黑參將嘗試著嗎？

染翠從黑兒懷裡離開，悠然地走入屬於黑兒的地盤，照著不大的屋內走了一圈，擺弄了幾樣自己熟悉的物件，最後停在散放著藥碗及草藥的桌前，手指在桌面上敲了敲。

身後，黑兒關上房門，屋裡的氣息莫名燙了幾分。

「把衣裳都脫了，我瞅瞅你的傷究竟好得如何了。」染翠臉上已經沒了先前微醺的艷色，眼中水霧散去，回到往常的清亮精明。

聽出他話裡沒有其他意思，黑兒心裡算是鬆了口氣，便也不矯情了，動手將上身的衣物盡數褪去，很快黝黑精壯的身軀便坦露在染翠眼前，塊壘分明、虯結賁起的肌肉猶如一層鎧甲，緊密覆蓋在黑兒身上，隨著他的動作舒展，隱含藏不住的力量。

因為長年軍旅，又是在西北打過仗，黑兒身上處處都是顏色略淺的疤痕，其中一道從左肩劈下，橫過胸膛最後停在臍下一寸，看得出這道傷疤當年有多凶險，黑兒能活到現在只能說是老天保佑。

染翠在瞧見那道傷疤時，瞳孔微微收縮了下，面上神色卻未變，很快將目光定在黑兒腰側的傷口上。

確實，正如黑兒所言，這道傷已然大好，大夫當時縫的線還在，將傷口周圍的肌肉拉扯得往外鼓起，紅紅腫腫的稍稍有些刺眼，但確實沒有其他更糟糕的景象了。

染翠湊近了幾步，微微彎下腰盯著傷口仔細看了許久，才點點頭直起身，滿意道：「看來確實是大好了。」

黑兒無奈：「你莫非以為我唬弄你？」

「也不是沒唬弄過，只是從沒唬弄成。」染翠涼涼地瞅了他一眼，說的是前年才發生的事情，那時候倒沒見血，只是開了兩人玩鵰的頭。

「既然看過了，咱們睡吧？」黑兒敏銳察覺染翠的思緒往自己不願意見到的方向滑去了，連忙穿上中衣，好歹有個遮擋。

「行。」染翠倒沒多糾纏，他本來就是挺慵懶的性子，又喝了酒，也確認過黑兒的傷沒有問題，整個人彷彿渾身骨頭都軟了，站沒個站型，衣裳也是脫得慢慢吞吞，邊脫還邊往床邊走，若非穿的是短打，屋裡肯定全是他脫下來亂扔的衣衫配飾。

等身上僅剩中衣時，染翠也走到了床邊，隨意蹬掉腳上的鞋子，人就往被子裡倒。

黑兒見怪不怪，跟在他後頭把衣衫都撿起來摺好，端端正正擺在床尾，見染翠左腳勾右腳、右腳踏左腳的試圖甩掉襪子，他嘆著氣搖搖頭，乾脆彎身替青年把襪子給脫了。

「多謝啊……」染翠半摀著嘴哈欠，滾進床內側屬於自己的那床被子裡，招呼：「快上來，我有話同你說。」

「知道了。」黑兒吹滅了蠟燭後，褪去鞋襪，這才上了床。

還沒問染翠想說什麼，他就驚覺大事不妙了。

一隻腳毫不客氣地踩上他的褲襠，隔著薄薄的褻褲，屬於染翠的體溫滾燙得驚人，簡直像點上了一簇火苗。

黑兒連忙伸手去抓染翠的腳踝，他沒敢用力推搡，怕床裡頭狹窄，若是力道使錯了會傷著染翠，唯一能做的就是扣緊打算作亂的腳，說什麼也不能讓對方得逞。

「怕什麼？這也不是頭一回了，我有分寸。」染翠縮在自己的被窩裡，只露出了腦袋，笑吟吟地側頭瞅著額上冒汗的黑兒。

「你答應我不胡來。」黑兒咬牙怒斥。

「我就不明白了，咱們也玩了幾十次鵰了，你先前沒推拒過，怎麼今兒一臉生怕我將你生吞

活剝的模樣？」染翠力氣上敵不過黑兒，腳踝被扣住後就啥也不能幹了……呵，天真。一隻腳還有五根腳趾頭呢。

黑兒很快便見識到，人的腳趾究竟能有多靈巧。

染翠的腳生得精緻，他踩得扎實，整個腳掌都貼在褻褲下的金鵰上，腳趾恰好覆蓋在毛髮濃密的下腹部位，這會兒正靈活地一點一點，間或用腳趾頑皮地夾一塊皮肉，動作不大卻很勾人，從下腹一路癢到了心口，男人的呼吸無法控制地粗重起來。

「染翠！」黑兒用力捏了把手中纖細的足踝，警告意味十足。

「嗯？」染翠依然不怕死的繼續撩撥，他早知道黑兒拿自己毫無辦法。

「你不許再動了！」黑兒渾身燥熱，架子床圍繞的範圍裡，全是他粗重的喘息聲。

可染翠偏偏不願意放過他，下身雖然因為腳被扣住了不好動作，但人還有雙手不是？再說了，玩鵰本來就靠手，腳什麼都只是增加點趣味罷了。

說到底，染翠就是吃定了黑兒不會傷害到自己，他乾脆地踢開被褥，一手撩起黑兒的被子，翻身往男人身上騎。

黑兒一驚，生怕再繼續扣著他的腳踝會崴了他的腳，連忙鬆開阻擋的手，這下簡直和開門迎客沒兩樣了。

穩穩地趴在黑兒身上後，染翠得意地笑了，趁黑兒來不及推開自己，雙手靈活地拉開褻褲，一把握住了半夢半醒的大金鵰。

「唷，還是一般沉呢。」染翠的臉靠在黑兒胸口上，像隻偷吃了油酥的小老鼠般愜意。

「鬆手……」黑兒猛喘一聲，汗流如瀑幾乎快把一口牙咬碎了。

陽物就這麼落入了染翠手中，這簡直是要他的命！

「就不。」染翠撇撇嘴，全然不把黑兒凶狠的表情放眼裡，手上輕柔地搓弄兩下男人沉甸甸的陽物，呼吸也跟著急促起來。

「摸都摸到了，哪還有放手的道理。」非得玩夠本了才罷休。

「你……」黑兒什麼話也說不出口，他用手臂橫在眼前擋住自己動情的神色，另一隻手則虛虛地摟著染翠的腰。

「噓……你也憋狠了吧？上回一塊兒玩賞金鵰，都是三個月前的事情了，你真要推開我？」染翠聽著耳側黑兒有力的心跳聲，手上更放肆了。

他現下雖然看不見褻褲裡的景象，不過卻對黑兒的金鵰模樣卻是知之甚詳的，畢竟也玩了兩年，一開始因為好奇，可都仔仔細細、每個旮旯都看過了。

男人的金鵰原先蟄伏在濃密的毛窩裡，隨著青年一雙巧手的玩弄，幾乎完全甦醒過來，粗長黝黑的莖身上，浮凸出幾道青筋，熾熱的溫度燙得染翠掌心麻癢，他下意識抓了抓，頭頂上便傳來男人隱忍的低沉呻吟。

「你好燙……」染翠壞心眼地笑了笑，用力搓揉了幾把，將男人搓得腰間輕顫。

黑兒用了點力扣住染翠的腰，把人往上拉了拉，那雙作亂的手也跟著向上滑，羽毛般搔得他渾身又熱又癢，恨不得也動手辦了懷裡的人。

「你別太得意……」男人湊到青年耳邊凶狠道。

可他狠的，也只有嘴了。

「我哪裡說得不對？你不燙嗎？我手心都被燙紅了，你瞧瞧？」染翠說著把手抽出黑兒褻褲，五指攤開展示在他眼前。

蠟燭已然熄滅，雖然床帳並未放下，但窗外的月色已黯淡，照不進緊閉的窗格中。黑兒只能隱隱約約看見染翠手掌的形狀，在自己眼前壞心眼的翻了兩下。

「瞧不見……」他咬牙。

「我也瞧不見，但我知道肯定燙紅了。」

染翠知道黑兒在這種夜色下還能看清楚一些輪廓，刻意慢慢地把手移到自己鼻尖，嗅了嗅，「味兒有些腥羶，就說你憋壞了。」

黑兒腦子嗡的一聲，竟一時決定不了是要掀翻身上這隻小狐狸，好好抽一頓屁股，或是反過來壓著人一起玩賞彼此的鵰！

接下來的事情就不容許黑兒再多想了，染翠大概是覺得逗弄夠了，索性滑下身扒拉下男人的褻褲，將金鵰放出來，濃烈的男性氣味與隱約的石楠花味道飄散開來。

肉鵰在青年靈活的手掌中被把玩、撫弄，從鼓脹的囊袋到紫紅鈍圓猶如雞蛋大小的頭部，方方面面都被照顧到了。

染翠的手真要了命，幾乎玩出花來。或用整個手掌握住昂揚粗大的莖身上下磨蹭，或以大姆指在鵰頭上的裂口搓揉壓按，又或者捧住囊袋揉捏裡頭的小球……水聲咕啾咕啾地迴盪在兩人耳中，混合著一輕一重的急促呼吸聲，空氣滾燙得幾乎點火就著。

要不了多久，黑兒腰身緊繃，身子輕輕顫抖了起來，下顎脖頸緊繃，凸起的喉結滾動了幾下後，男人發出爽到極點的低吼。

染翠早一步將手掌罩在鵰頭上，滾燙的白濁先是噴進他掌心裡，接著往外漫流，大概真是憋得久了，男人噴了好一陣子才停下，弄得兩人下身一片狼藉。

染翠手上的濁液很快便涼掉，濕濕黏黏的有些不快。

而他自己的鯤鵬雖然沒被玩弄，但這會兒也精神頭十足，前端流出的汁水早把褻褲上的布料

沾濕了一大塊。

他本想讓黑兒幫自己弄弄，可看著黑兒劇烈起伏的胸膛，耳邊全是男人低沉得讓人耳朵發癢的粗喘，他不知怎麼就沒開口，也不急著擦掉手上屬於黑兒的濁液，逕自掏出了自己的陽物。

「黑兒、黑兒……」他聽見自己的聲音有些微顫抖，也不知是緊張還是興奮，又或是其他，興許也有一些撒嬌吧！染翠沒精神深究，他滿心滿眼都是眼前的男人還有自己不安分的鯤鵬。

「嗯？」男人這聲回應比往常都低了幾分，像一根羽毛搔過耳畔，染翠的腰莫名都軟了。

他喘了幾口氣，輕聲道：「看著我。」

黑兒順從地看向他，目光灼熱而專注，像帶火的勾子般。儘管黑暗中染翠什麼都看不清楚，但他能感受到男人視線滑過自己肌膚時，那麻刺刺的感覺。

染翠想，自己肯定是喝醉了。

在黑兒的凝視下，他用沾滿黑兒濁液的雙手，握上了自己的陽物。

「啊……」一股子難言的顫慄從腰椎開始，順著骨髓往上蔓延，染翠仰著纖細的頸子，唇間流洩破碎的呻吟，用力搓揉硬挺的肉莖，毫無章法的上下磨蹭，動作甚至可以說得上有些粗暴。

他手上屬於黑兒的濁液，與自己流出的汁液混在一起，又黏膩又燙，他喘得腦子嗡嗡響，要不了多久青年的動作猛地停下，纖柔的腰緊緊繃起，石楠花的味道又更濃郁了……

最後染翠顧不得自己的濁液濺在黑兒的胸腹上，身子軟綿綿地倒下，劇烈鼓盪的胸膛緊貼著黑兒的胸口，似乎能感受到彼此心口的震動。

屋子裡沉默了好半晌，待兩道呼吸都回歸平靜時，黑兒才伸手搖了搖趴在自己身上的人，「染翠？睡了嗎？」

兩人身上全都是不可告人的東西，黏糊糊的並不舒服。

「嗯……」染翠是真的累了，沒骨頭似地癱著，連應個聲都懶。

「先別睡，我替你抹抹身子。」黑兒又晃了晃懷裡的人。

「行吧……那你一邊抹一邊同我說說話？」

染翠眨眨眼，他也不喜歡身上的黏膩，慢吞吞地從黑兒身上翻下去，仰躺在自己那床沒被波及的乾淨被褥上，等著黑兒服侍自己。

「說什麼？」黑兒見他這副悠哉閒適的大爺模樣，忍不住撓了他肚子一把。

染翠被撓得尖叫出聲，連忙用手擋著自己脆弱的腹部，睡意瞬間消散了不少。

「說說你今兒怎麼回事？古古怪怪的。」

沒料到他還沒忘記這茬，黑兒愣了愣，僵硬地問：「需不需要我燒點熱水來？」

哼，想與他玩顧左右而言他的把戲？

染翠哼道：「用不著，都快入夏了，夜也深了，用井水抹一抹便行。」偏不讓你躲。

「好吧。」黑兒嘆氣，「你稍待我一會兒。」

黑兒動作很快，用不了多久就端了一盆水及滿身沐浴過後的水氣回來，應當是在打水的時候順道洗漱過，身上也換了一套中衣。

「你先把衣裳都脫了。」男人拍了拍染翠的肩，把已經幾乎睡著的人拍醒。

「真麻煩……」染翠咕噥，還是乖乖起身褪了衣物，半點也不羞澀地在黑兒面前赤身裸體。左右也不是頭一回了，沒啥好害羞的。

趁他脫衣服，黑兒把弄髒的被褥也挪開了，總算兩人這回還算克制，也就弄髒了黑兒那床被子而已。

利索地替染翠抹乾淨身子，換上了乾淨的中衣後，兩人再次並肩躺在床上。

「說吧。」染翠用手指戳了戳黑兒貼著自己的手臂。

知曉自己逃不掉了，黑兒只得開口：「染翠，咱們認識多少時日了？」

「滿打滿算五年吧。」若是再算得更仔細些，其實是超過五年的。

「五年了……你今年二十七了吧？」

「是啊。你上個月不是才去我那兒吃了長壽麵？」染翠側頭看向黑兒，心裡隱隱猜出他的意思，然而他並未主動開口，而是想等著聽黑兒怎麼說。

「咱們不能再繼續做這些事了。」黑兒為人寡言，也因此他說的每句話都擲地有聲。

「你今晚說了三次，適才又提起我的年紀……怎麼？你嫌我年紀大了？」染翠輕嗤，他知道黑兒不是這個意思，心裡卻對他推拒自己的言行哪哪兒都不暢快。

「胡說，我還可比你年長了八歲，要說年紀大哪輪得到你。」黑兒轉頭對染翠皺了下眉。

「你就爽快的把話說清楚吧！我還不知道你竟然也能這般婆婆媽媽。」染翠支稜起腦袋，對黑兒的吞吞吐吐非常不滿意。

「你難道不想找個良人共度餘生嗎？」既然問出口了，黑兒便像終於撬開口的葫蘆：「我們兩人沒名沒分，本不該做這件事的。」

「你想要名分？」染翠一臉的恍然大悟。

「不是，胡說什麼。」黑兒伸手在他眉心彈了下，「我口拙，說不清楚，但你身邊從來沒有另一個人，難道沒想過找找嗎？」

「這個嘛……」倒還真的沒想過。

「還記得我先前問過你喜歡什麼樣的男子嗎？」這是指上個月，黑兒與染翠一塊兒過生辰時，忘了當時提到了什麼事，莫名就開口問。

「記得。」染翠開口就說：「白皙、俊秀、斯文，最好是飽讀詩書，懂得畫眉之樂，身量與我差不多便行，脾氣得好，還要懂得寵人。」

「是啊……」黑兒輕嘆：「既然如此，你就不該再浪費時間在我身上了。」

「啥？」染翠愣了愣，張口想反駁，可想了想似乎……黑兒說得也沒錯啊……他喜歡的男子與黑兒全然不搭邊，他若是真的憋得慌，也不該找黑兒玩金鵬呀……

可是……染翠皺起眉，心裡總覺得有那兒不得勁，偏偏就是說不上來，堵得他心裡不快。

「你說得對。」他揉了揉胸口，最終還是同意了黑兒的話，「我確實該找個能陪著我的人了……你說，我是不是該交個飛鴿之友呢？」

「你願意就行。」黑兒的聲音略顯苦澀，但也真誠：「你定能覓得屬於自己的良緣。」語尾帶著嘆息，以及真誠的祝願。

染翠沉默了許久沒說話，半晌後，才輕聲道：「承你吉言。」

飛鴿交友嘛……染翠盯著手上的卷宗，卻絲毫沒看進心裡，他滿腦子想的都是兩日前與黑兒的那番對話。

他那日實則是有些賭氣了，才會對黑兒說出自己不如來交個友這等話來，畢竟身為鯤鵬社的大掌櫃，他想認識什麼樣的男子都有門路，所有會員的喜好、樣貌乃至於鯤鵬的模樣，幾乎皆會經過他的手。

再說了，鯤鵬社裡多得是分社長與夥計、護院透過飛鴿交友遇上自己心儀的對象，成雙成

對、白首相攜的人也所在多有，他這紅娘也算是當得成果斐然了。

可他為何，從未想過給自己找個知冷暖的人呢？奇哉怪也，在黑兒提出這事之前，他竟也未曾深思過這等事。

「主子？」阿蒙坐在他身邊，手上正在繡花，察覺染翠已經半天沒動了，便喊了聲。

「嗯？」染翠回過神看了阿蒙一眼。

「您有心事？」阿蒙從七八歲就陪在染翠身邊，是不可或缺的左膀右臂，自然也很快察覺到主子心裡有事。

「也算不上心事……」染翠沉吟，闔上了手中的卷宗。左右沒心思看，反正也不急著處理，先擱下一陣子也無妨。

「就是想著，是不是要來個飛鴿交友？畢竟我年紀不小了，也想嘗試嘗試情愛滋味。」

阿蒙聞言猛地瞠大雙眼，一言難盡地瞅著自家主子。

嘗試情愛滋味？不是，主子這不正和黑參將嘗試著嗎？算算有兩年時間了，時不時就翻牆去做什麼，阿蒙哪裡會不清楚？

她一開始睡耳房，都能聽見黑兒臥室裡傳來的曖昧聲響。後頭她去睡了方何的屋子，遇上風大的日子，隱隱約約依然能聽見黑兒屋裡的聲音，那真是……阿蒙搔搔臉頰咋舌，這都不算嘗試情愛，什麼才算是？

「怎麼啦？眼睛瞪這麼大。」染翠被阿蒙訝異的表情逗樂了，伸手刮了把少女翹翹的鼻尖。

「妳心裡是不是在想，主子連著兩年，幾天就要翻一次黑參將宅子的牆，與人不清不楚一整晚，這還嘗試得不夠嗎？是不？」

「主子英明。」阿蒙連連點頭，狗腿了一把，又不禁好奇：「難道不是嗎？總不會您這兩年在黑參將屋裡睡的時候，都在鍛鍊筋骨吧？」

「要說鍛鍊筋骨也算是吧……」染翠回想自己這兩年和黑兒之間各種玩鵰的手段，忍不住笑出聲：「我和他不能算嘗試情愛，最多最多就是鬆快身子。」

他和黑兒都是成年男子，又向來潔身自愛。儘管不知道黑兒之前是否與別的男子女子有些什麼首尾，可從他們相識的五年來，黑兒身邊就從沒出現過任何人，而染翠更是。

別看染翠長著一張艷若桃李的臉蛋，那雙狹長的狐狸眼明艷又勾人，就是穿得一身端莊清雅，舉手投足間也依然滿滿的風情。

過去，也並非沒有不長眼睛的男子，原本是打算入鯤鵬社的，卻在見到染翠的第一眼就心生愛慕或意存輕薄。

當然憑染翠自身的手段，以及靠山闞成毅的幫扶，無論遇上多硬的茬子都能全身而退，二十七年人生中，稱得上「萬花叢中過，片葉不沾身」。

「喔，鬆快身子啊……」阿蒙雖還是個黃花大閨女，可跟在主子身邊也算是看多了人世間的情愛糾葛，甚至博覽鯤鵬圖與各色陰私。

她算是服了主子了，這四個字怎麼聽都別有深意，既沒說兩人是清白的，也沒說兩人不清白，端看個人領略。

染翠又刮了阿蒙鼻尖一把，「愛與慾終歸是不同的，妳在我身邊多年，不會分不清這兩回事吧？我和黑兒之間，慾是有了，愛卻稱不上。人生在世有如蜉蝣走過一遭，少了情愛似乎也少了點滋味。」

道裡阿蒙都懂，她也認同主子的說法。說到底，當年主子會創立鯤鵬社，不也就是這個意思嗎？只不過主子想令世間男子得以不受世俗所困，品嘗自己偏好的那款情愛滋味，自個兒倒全然

沒起心動念過。

可阿蒙是真看不明白，黑參將多好的一個男子，主子分明對黑參將也另眼相待。要阿蒙說，染翠在面對黑兒的時候精氣神都與平日不同，任性又驕縱的，彷彿從鯤鵬社的大掌櫃成了僅僅十多歲，被寵得無法無天的小孩子。

不只是她，方何及其他幾個知曉黑兒染翠之事的關山盡幕僚、親兵們，也早早以為這兩人約莫在一起了，甚至有人開賭局猜測他們何時會結契呢。

啊……正好，回頭叫方何插個賭，就賭一年內沒可能，且染翠大掌櫃還會飛鴿交友意圖另結新歡。恰好能給兩人的婚事添個彩頭。

「想什麼呢？」

染翠一眼看穿阿蒙的心思偏了，這小姑娘被自己教得太好，心眼那叫一個多。

「沒什麼，總之算是件好事。」

阿蒙對主子抿著嘴笑答，心裡已經盤算好贏了錢後該怎麼用了。

首先，得感謝主子，送主子一盒安陵居的桃香調和膏吧！

對自己心裡的小算盤極為滿意，阿蒙連忙問起主子：「那主子決定好要飛鴿交友了嗎？您喜歡怎樣的男子啊？」

「倒是還沒下定決心……」

染翠見阿蒙從詫異到興致勃勃的轉變，心裡多少也猜到小姑娘心裡大約打著什麼主意。自己與黑兒那個賭局，染翠早就知道了，只是沒當一回事而已。

他為人大方，偶爾當一下他人嘴裡的談資也無傷大雅，這會兒並不介意讓阿蒙贏一小把。畢竟成家之初，需要用錢的地方可多了，他可捨不得阿蒙嫁給方何後吃到哪怕一丁點的苦。

「因為最近沒有您看上眼的對象？」阿蒙點點頭，新一期的《鯤鵬誌》才印製好不久，裡頭有哪些會員染翠肯定心知肚明的，若是有看上眼的人，早早可以直接發飛鴿傳書出去了，也不需要再多有躊躇。

「確實是沒什麼看得上眼的。」染翠沒有否認，《鯤鵬誌》印製前全都要經由他過目，眼下全大夏會員攏共七百餘人，當中舊會員五百三十七人，新會員兩百人左右，每個人長什麼樣、家世如何染翠都記得一清二楚。

他日前從黑兒那兒離開後，就花了一下午仔仔細細在腦子逐個兒翻閱過那些會員的模樣了，有幾個京城那邊的，還有幾個嶺南附近的，長得還頗符合他的喜好，可他就是半點沒動心。

這事情，看來得從長計議了。

主僕正說著話呢，屋外突然傳來一陣宛如鶯啼的聲響，接連響了三次，打斷了嘮得熱火朝天的兩人。

這聲音是店鋪裡安裝的暗鈴，一旦有人上門說出正確的切口，或是有會員來訪，抑或是有人上門找麻煩之類的事情，就藉由按鈴通知後院的人——主要是通知染翠。

一響是有新會員上門，二響是舊會員上門，三響是有久候的人拜訪……

染翠挑眉，「看來，是于老爺、于夫人到了。妳去請他們進來，順便喊于恩華來見我。」

「知道啦。」阿蒙俐落地收拾好刺繡的花樣及繡繃，還將主子隨意散放的卷宗也都整理好，離開前不忘提醒：「主子，你別忘了把鞋穿好。」

「得了，妳快去請人。」染翠懶懶地揮手趕人，正慢騰騰地整理身上歪斜的外袍。

總算把人等到了，飛鴿交友多緩上一緩也無妨，都多少年了，也不急著這一兩個月。

倒是黑兒受的傷，必須得討回公道不可。

並不算特別寬敞的堂廳裡，幾乎快被人給擠滿了。

幾位同黑兒及滿月借來的人完成任務後，逕自離開回軍營去了，也應承下會通知黑兒前來。阿蒙準備好茶點端上來，便拉了張板凳坐在染翠背後，安安靜靜地繼續繡自己的花。

而這幾日被染翠打發去劈柴打掃的于恩華于小少爺，手上抓著來不及扔下的抹布，小臉沾了灰塵與汗水，看起來像隻小花貓，人還愣愣的，也不知是否因染翠積威甚重，即便爹娘就在眼前，他也不敢輕易撲上前哭訴自己這些日子的委屈，只耷拉雙肩，怯生生站在染翠右手邊瞅著爹娘，生怕眼前的一切只是自己幻想出來的。

「康興縣與馬面城之間路途遙遠，兩位應當也累了，先喝口茶緩一緩吧。」染翠欲等黑兒到了再談正事，笑盈盈地招呼了兩句無關緊要的話。

「承蒙染大掌櫃關照。」開口的是于夫人，她福了福，端起茶來啜了口，又掂起一旁的芸豆糕吃，一個眼神都沒看向兒子。

與之相反的是于老爺，他彷彿沒聽見染翠說了什麼，一雙飽含熱淚的虎眸直勾勾地瞅著兒子，眼裡的疼愛憐惜宛若滔滔江水，都快噴湧而出了。

染翠幾次都以為他會忍不住開口招呼兒子過去，或者乾脆起身拉兒子護在身邊，可于老爺側頭看了幾次于夫人，像被霜打蔫的茄子般垂下了腦袋，茫茫然地端起茶杯喝了兩口後，又繼續盯著兒子不放。

染翠算是看出來了，這于府真正的話事人指定是于夫人，恐怕沿路上于夫人沒少敲打過自己的丈夫，而空有一腔拳拳愛子之心的于老爺是不敢下夫人面子的，所以只能可憐兮兮與兒子相視無言淚雙行。

于夫人不愧是馬面城出身的女子，她樣貌生得極好，否則也生不出于恩華這等玉雪可愛的孩子。但一身方便旅行的便裝，雖有著大戶閨閣養出來的端莊典雅，又有藏在眉宇間淺淡卻不容忽視的堅忍英氣，看起來確實比于老爺要可靠許多。

這會兒她氣定神閒，只在丈夫淚汪汪瞧向自己的時候，涼颼颼地回一眼，餘下的時間她悠然地喝茶吃點心，並與染翠話了些無關緊要的家常，似乎半點都不心急，像是已經打定主意任由染翠發話處置。

必須得說，染翠猜測過許多與于家二老見面時的場面，畢竟能寵出于恩華這等連天都敢捅破的兒子，極有可能于老爺與于夫人也是拎不清的，就怕死前還要嘴硬一番。

怎麼也沒料到會是眼前這番景象，染翠都有些喜歡這為人爽利的于夫人了。

要不是于恩華刺傷黑兒，染翠大抵會乾脆小事化無，要幾兩銀子充當于恩華這幾日的吃住錢，以及給蕭延安結契的紅包，便把這件事揭過。

只能說，寵孩子寵過頭，就是替自己養了討債鬼。

黑兒倒是來得挺快，他還在休養中，只需在將軍府裡輪值，無須前往軍營，手頭上的事情交代下去後，立即趕了過來。

在見到黑兒的瞬間，原本就像隻被拔了舌頭的鵪鶉般蔫頭蔫腦的于小少爺，嚇得渾身一抽，平地跳了兩跳，一溜煙躲到屋子角落去了。

黑兒對染翠詢問地一挑眉，青年回了個無辜的聳肩後噗嗤笑出來，也不知道他究竟在于恩華面前編排了什麼，弄得小少年像見了貓的耗子，恨不得找個洞躲進去完事。

瞧見兒子這般可憐，于老爺終究是忍到了極限，按捺不住伸手拉了拉夫人，使了眼色要她心疼心疼兒子。

想他這個么兒從出生起就被捧在掌心裡如珠如寶般養育至今，他這個當爹的都從沒對兒子紅過一次臉，就是大點兒聲訓斥幾句都沒有，哪裡捨得看他現在這副模樣啊！于老爺也知道自己這般寵孩子不行，更別說在到達馬面城的前一晚，于夫人大半夜把于老爺搖醒。

「夫君。」于夫人剛開口，于老爺就抖了兩抖。

別看他長得威武嚴肅，身量在普遍較為羸弱的南方男子之中，鶴立雞群接近九尺，在商場上手段雷厲風行。可一回到家裡，于老爺對夫人那是言聽計從，說是溫柔小意都不為過。平日裡夫人都喊自己阿哥，一旦喊夫君或老爺，那代表接下來要說的話沒得商量了。

于老爺不蠢，眼下這等情況，于夫人想說的事情指定與小兒子有關。

「夫人。」可他能怎麼辦？于府上下誰人不知，這個家大事問老爺，小事問夫人，可大事或小事由夫人決定。

「我家鄉有句俗諺，不知你聽過沒有。」夫人目光灼灼地盯著于老爺問。

「這……妳知道我書讀不多，夫人請說。」于老爺討好地陪笑道。

「寵豬舉灶，寵兒不孝。」夫人輕輕地，吐出八個字。

于老爺面色一苦，這句俗諺他是聽過的，意涵不言而喻。他一句話也不敢回于夫人，耷拉著腦袋乖乖聽訓。

「妾身與夫君說過許多次了，百善本性不壞，嘴巴也討巧，你向來是寵孩子的，我原本想，大兒、二兒、三兒與兩個女兒出生後，你正忙著為咱們家的生計拚搏，想多寵寵孩子卻有心無

力，難得你攢下了這般厚的家底，孩子們也都出息了，你總算有時間待在家裡享天倫之樂，百善出生的時間剛好，讓你寵一寵倒也無妨，於是我便沒多加管涉。」

說到這裡，于夫人重重地嘆了一口氣，于老爺堂堂八尺男兒，縮得幾乎只剩五尺半，差不離能與武大郎拚搏一番，依然啥話也不敢說。

「老爺，這件事你心裡是什麼章程？」于夫人面上不顯，內心著實是無比悔恨。

她原本想孩子還小，花點時間慢慢教，總能管教好的，卻不想自己樂觀了。這個小兒子不光是于老爺寵，于夫人汗顏地反省，自己也沒能盡到當娘的責任，這才惹出如此大的錯誤。

「這……」于老爺冷不防被這麼一問，張著嘴回答不上來。

初聽聞小兒子出事的時候，于老爺下意識想替兒子辯駁幾句，所幸他在商場裡練就一身看人的本領，很快覺察上門的幾個男子身分不普通，恐怕不是官就是兵，哪一種他家都惹不起。

連忙陪著笑詢問事情經過，差點被聽到的消息嚇厥過去。

于小少爺惹誰不好，竟然惹到鎮南大將軍身邊的人，他險些兩眼一翻昏死過去。

整個南疆誰人不知道鎮南大將軍的威名？又有誰不知道南疆駐軍的驍勇？那真是活得膩了才會惹上這等鬼神般的人物。

于老爺真的後悔了，他應該聽夫人的勸，如果無法不寵孩子，起碼要把孩子看好，別讓于恩華輕易離開康興縣。

說什麼都晚了，無論如何後悔，錯事已然造成，也不知于家這回會被剝下幾層皮來。

「我都聽夫人的。」末了，于老爺如此這般回答。不是他扛不起一家之主的責任，而是他明白夫人心裡已有計量，這會兒不過是通知自己一聲罷了。

聽見于老爺的回答，于夫人點點頭，「那行，這事兒也不大，老爺陪著妾身也就夠了，餘下

的處置我心裡都有章程，夫君可以放心。」

「欸……」于老爺摸摸鼻子，還是按捺不住問：「夫人能不能透點底給我？」

「行啊。」于夫人對丈夫露出一抹安撫的淺笑，「等見著鯤鵬社的染大掌櫃，以及南疆軍的黑參將，你就在一旁什麼話都別說，明白嗎？」

「呃……明、明白……」不明白。可于老爺不敢多問。

「切記，除非我許了，否則一句話都別說，一個字都不許說，明白嗎？」于夫人不厭其煩又交代了一次，雙眼瞬也不瞬地鎖著于老爺，把于老爺看得掌心背心都冒冷汗，忙不迭點頭稱好。

也因此，這會兒于老爺縱使有萬語千言，滿心滿眼都是想替兒子辯駁或討饒的話，即便只是想安撫兒子幾句，在于夫人面前，他也是一個屁都不敢放。

小小堂廳內，于老爺及于恩華父子二人，就像兩隻被雨淋透的狗子，可憐又落魄地縮在各自的小地方裡，淚眼汪汪地遙望。

于夫人對丈夫的神色只做不見，起身恭恭謹謹地對黑兒福了福，恭聲道：「民婦于氏，見過黑參將。」

于老爺見狀也連忙起身拱手，「見過黑參將，草民于廣澤。」

「兩位不用這般客氣，在下不過一介兵伕，受不得兩位的大禮。」黑兒連忙拱手回禮。

雙方各自謙虛客氣了幾句後，再次分別落坐，一時間誰也沒先開口。

片刻後，還是于夫人起了頭：「民婦聽說小兒冒犯了黑參將及染大掌櫃，這是民婦教子無方，無論兩位想讓于府如何賠償，請儘管開口，無有不應。」

這話說得很誠懇，也表明了態度，一個字都沒替兒子緩頰的意思。

角落裡，于恩華看著自己娘親，哭喪著花貓般的小臉，都快哭出聲來了。

「你怎麼說？」染翠笑吟吟轉頭瞅著黑兒問。

「于夫人，在下需要的不多，大夫診金及藥錢約莫二兩也就行了，足夠在下另外再買些補品養身子。倒是貴家公子……黑某期盼兩位能帶回去好好教養，替大夥兒都省心。」黑兒想了想，這麼回答。

他身為南疆軍的參將，每月軍餉都不少，吃穿用度還都有軍伍及大將軍看照，用錢的地方著實不多，他也真不缺。

二兩銀子雖不多，可也頂馬面城普通人家一個月有餘的用度了。雖說對于府這樣的大商賈來說連九牛一毛都算不上，頂多算一點兒蚊子血，可于夫人的態度他看在眼裡，很是磊落乾脆，黑兒頗為欣賞，思忖略施小懲也就行了。

再說，真正犯錯的是于恩華，看他這會兒狼狽又膽怯的模樣，肯定沒少被染翠敲打，比什麼賠禮都要實惠。

「黑參將大度，可民婦著實過意不去。」

于夫人又起身福了福，轉頭給于老爺一個眼色。

收到夫人的眼神，于老爺連忙起身，拿起身邊的包袱，走到中央的桌子上攤開，並從中取出一個匣子打開，對黑兒討好地笑道：「黑參將，這是草民的一點心意。這株呢，是前兩年從長白山買來的野人參，有個七、八十年了，雖不是最頂尖的人參，但也勉強上得了檯面，還請您務必收下。」

「這禮太重了，在下……」黑兒正欲推拒，染翠卻抬手制止他，起身走到桌邊看了看。

「這些又是什麼？」染翠從桌上拿起另一個匣子問。

「一點小東西，染大掌櫃樂意的話，不如打開看看？」

于老爺連忙將幾個疊在一塊兒的匣子分別打開，霎時間小小堂廳珠光寶氣，原本正安心繡花的阿蒙都感覺眼睛被閃了一下。

只見匣子裡或是整整齊齊的兩排金豬，或一顆顆拇指般大小圓潤無瑕的珍珠，又或是品相剔透的寶石，甚至有幾種名貴的藥材等等，全是些稀奇的好東西。

染翠揉揉下顎，轉頭對黑兒說：「你看，小金豬多可愛？這匣子豬就給我啦？」渾然沒有推拒的意思，直接開始分西瓜了。

「你想要什麼就拿吧。」黑兒也走上前，他對桌上這些名貴的東西似乎一點興趣也沒有，倒是看了幾眼那株野人參。

「這是民婦夫婦的一番心意，期盼兩位能看得上眼。」于夫人也跟上來了，她可沒看漏丈夫這會兒眼裡心裡都是兒子，太陽穴忍不住絲絲地疼。

「于夫人有心了，那染翠卻之不恭。」

染翠拱拱手順水推舟地收下東西，轉頭喊來阿蒙：「妳把東西先收下去，除了藥草、人參還有金豬外，全都各分一半，我一份兒、黑參將一份兒。」

「知道啦。」阿蒙竊笑著把匣子一一蓋好，用包袱捆了之後，拿著東西退下了。

黑兒沒說什麼，左右這些東西有也好沒有也罷，染翠想怎麼分配都行。

「于夫人應該還有別的話想對在下說吧？」收下了東西，染翠看向于夫人，這等厚禮肯定別有所求。

「染大掌櫃是明白人。」于夫人苦笑，但隨即換上堅毅神色，「實則這件事於情於理，都有得寸進尺之嫌，可妾身也只能腆著臉懇求染大掌櫃了。」

「于夫人，無論是何請求，染翠都得先問一句，您真的想清楚了？」染翠神色一整，難得嚴肅地瞅著眼前挺直腰桿、神態肅穆的女子。

「是，妾身已經都想清楚了。怕只怕，染大掌櫃不願意。」于夫人用力點點頭，她一路上翻來覆去都想明白了，這會兒不會臨門退縮的。

看出于夫人的決意，染翠沉吟片刻後回道：「行吧，于夫人儘管說，在下若是力所能及，也不會推辭。」

「染翠。」黑兒在一旁看不透兩人之間打什麼機鋒，可總覺得不是什麼簡單的請求，忍不住沉聲輕喝。

「沒事。」染翠對他擺擺手，臉上滿是不在乎，看得黑兒死死皺眉，卻也無法多說什麼。

第五章　本山人自有妙計

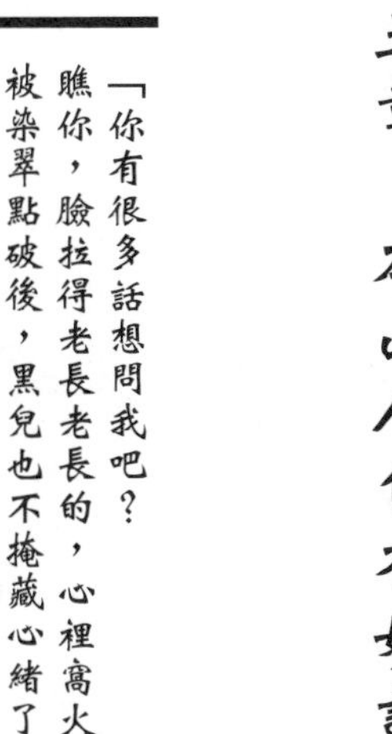

「你有很多話想問我吧？瞧你，臉拉得老長老長的，心裡窩火啊？」

被染翠點破後，黑兒也不掩藏心緒了，

「你究竟有什麼打算？為何要這麼做？」

于夫人看了眼自己夫君，再看了小花貓般可憐又蠢兮兮的兒子，輕輕嘆了口氣，「染大掌櫃，妾身明白這是不情之請，可還是想請您發發善心，將小兒收在身邊，權且當個小廝，學些為人處世的道理。」

「娘！」

「夫人！」

于家父子同聲驚呼，于恩華更是直接嚇哭出來。

「娘！您不要兒子了嗎？兒子知道錯了！兒子再也不敢了！以後會乖乖待在家裡聽您教誨，您饒了兒子這回吧！」

于小少爺顧不得對黑兒的畏懼，直接從牆角飛撲到于夫人跟前，抱著娘親的雙腿開始哭嚎，淚水滾滾而下，把臉上的灰沖出兩道溝壑。

實在說，于恩華被寵成今天這副模樣，不是于老爺一個人能成就的，于夫人也深深反省了自身，她對小兒子的寵溺也早就過了頭，眼下看兒子哭得這麼慘，心裡也一抽一抽地疼。

可于夫人咬咬牙，撇頭不看兒子，權當兒子不存在，繼續對染翠道：「染大掌櫃請不用擔心，您若是願意收下小兒為僕，一切都按照規矩來。活契一簽五年，這五年小兒就不再是于家公子，而是您的僕人，吃穿用度都隨您屋裡的規矩，妾身絕無二話。」

「娘啊！娘啊！」于恩華撕心裂肺地慘叫，他本來還指望著爹娘把自己救出水深火熱之中呢！可他娘竟然想將自己推入地獄血海裡嗎？

「這個嘛……」染翠看著眼前悽悽慘慘的于小少爺，唇角微微勾起，似乎看得津津有味。

一旁黑兒聽了于夫人的要求後，眉心皺得更緊，可他太懂染翠的脾性了，便什麼也沒說，只重重嘆了口氣。

「夫人！百善這次雖然闖了大禍，我也明白平日裡著實太慣著他，待回康興縣後，指定好好管教孩子，不會再繼續寵著他了！妳就、就別……麻煩染大掌櫃了吧？」于老爺也幾乎灑下男兒淚，他真沒料到自家夫人能狠心到這種地步，當著兒子的面都絲毫沒有心軟，他心裡簡直像油煎一般難受。

「你閉嘴。」于夫人狠狠瞪了于老爺一眼，指著還抱著自己嚎啕大哭的兒子道：「你看他這副模樣，心裡打的什麼主意，你會猜不出來？于恩華，為娘把話放在這兒了，你哭也好不哭也好，你爹心軟也罷不捨也罷，帶你回康興縣繼續當你的小霸王這事兒，沒門。」

「娘啊！娘啊……我是真的知道錯了！我真的知道錯了！回去我一定乖乖聽話，不會再幹那些糊塗事情給家裡添亂子，您別扔下我啊！」于小少爺被母親一席話嚇得收回所有嚎哭，只剩悲悲切切的抽噎，說不出的可憐。

于老爺心疼兒子心疼得快死了，他忙著要扶兒子起身，一旁的于夫人眼明手快，直接踢了他一腳。

「唉唷！」于老爺痛呼一聲，夫人踢得又狠又準，照著人最疼的脛骨踢，威嚴的大男人眼裡瞬間泛出淚花。

不敢再伸手扶兒子，于老爺只得轉頭挪回自己那張椅子上坐定，耷拉著腦袋，渾身上下烏雲密布。

可誰也沒心力去注意他，于夫人帶著些羞恥與急迫望著染翠，等待他一個準話。

「于小少爺，你說，以後我該叫你百善還是恩華呢？或者另外起個小名兒？」此話一出，意味著染翠應允了于夫人的請求。

于家三口的神情，真可謂色彩紛呈。

于夫人一臉的僥倖夾帶些許的心疼與後悔，但很快便抹去；于老爺半張著嘴，直接愣在椅子上，半晌都沒有回過神；于恩華瞠大雙眼，眼淚嘩嘩往下滾，卻一點聲音都沒哭出來，彷彿失了魂一般。

染翠倒是心情挺好，他正愁阿蒙嫁人後身邊無人可用，畢竟要如同阿蒙那般寫得一手好字的僕役可不多。于小少爺雖然性格驕縱，卻跟著夫子學了一手漂亮的簪花小楷，比起阿蒙的秀緻，更多了些許飄逸，看得染翠眼熱。

既然于夫人送上了枕頭保全了他的瞌睡，染翠也不介意來個禮尚往來。

「于夫人的誠意，染翠記在心上。恰巧我手上有個消息，就拿來借花獻佛一番吧。」

「您請說。」

「我想，于老爺、于夫人應當也不解，為何令公子會毅然離開康興縣，獨自來到馬面城幹了這麼樁大事吧？」

儘管只相處了幾天，染翠對于恩華的秉性脾氣那是瞭若指掌。這小傢伙張狂驕縱有餘，還真沒有勇氣做什麼壞事。

因此，前些日子從于恩華嘴裡問出了事情經過後，染翠才會乾脆認定後頭有曾玉章這隻黑手。左右他也打算整治這陰損的滑頭孩子，能多給對方添麻煩自然是最好不過的。

想來，于老爺及于夫人心裡也有不少氣憋著，需要個宣洩的地方。

「這……染大掌櫃既然提起……確實，百善這孩子被寵壞了不假，在康興縣也算人盡皆知的紈綺，但本性說不上多麼壞，他前些日子唯一做的，也就是天天哭著要找我那姪兒去康興縣看他。雖然身為娘親，這麼說有些丟面子，可百善著實沒那種偷溜出家門，還獨自跑來馬面城的聰明……」于夫人說著，不由得幽幽嘆息，也是因為自家孩子著實不夠聰明，翻天了也翻不出她的

五指山，才會一時疏忽大意了。

眼下仔細回想，確實哪哪兒都透著股不對勁。

「您對曾玉章熟悉嗎？」染翠輕描淡寫地拋出魚餌。

曾玉章？于夫人眉頭一緊，點點頭，「確實熟悉，曾家的老九是百善好友，前些日子還去家裡探望過百善……大掌櫃會提到這個孩子，莫非……」

于夫人多聰慧機敏的一個人，她身為于家主母，對曾府家宅瑣碎多有耳聞。且不說曾老爺寵妾滅妻，還是個朝三暮四的，後宅至今沒真的著火燒起來，蓋因著掌家人還是曾老夫人，否則曾老爺是否還能安安心心在外做生意，恐怕難說了。

那樣的宅院養出來的孩子，絕不可能是單純的小白花。

「阿章對我可好了！」于恩華不明白染翠怎麼突然提起好友，可依然很講義氣地為他說話。

這件事原本說到頭，是他自己不聽勸導致的，這會兒還把自己作進了染翠這魔頭的掌心裡。

于恩華想著，險些又控制不住哭出來。

于夫人才不理會兒子說了什麼，她瞅著染翠等待更詳細的消息。

——這倒楣孩子。

染翠同情地看了還傻楞楞沉浸在自己悲傷中的小少年，簡短地把來龍去脈轉述給于老爺于夫人知曉。

看著于夫人陰沉下去的臉色，染翠就像吃了人參果一樣，全身毛孔都舒暢了。想來，曾玉章將來在康興縣的日子定然非常熱鬧吧！

于恩華死活不肯相信自己被曾玉章給設計陷害了。

他爹娘與染大掌櫃，也就是他現在的主子簽了活契後，留下了足夠抵付他五年月錢的銀子——畢竟他娘說，染大掌櫃願意收下于恩華這糟心孩子已經是天大的恩惠，斷不能真讓大掌櫃出月錢。至於吃穿，染翠倒是攬上身，他也不怕多一張嘴能吃垮自己——乾脆俐落地告辭離開，于恩華甚至都沒能找著機會與爹娘單獨說話。

看來娘親是真的吃了秤砣鐵了心，不給他個畢生難忘的教訓不罷休。

于恩華算是死心了，左右他這幾日在鯤鵬社過得也不算多差，吃飽穿暖還有間小屋可住，也該滿足了才是。

這整件事到此，算是告一個段落，唯獨留下個讓于恩華心裡不得勁的小尾巴。

「一人做事一人當，阿章勸過我的。」于恩華被染翠提溜回書房裡，手上抓著已經乾透的抹布，噘著嘴努力要替自己的好友辯駁個清楚：「他確實是陪我想了些天馬行空的主意，可沒攛掇著我去做啊！」

「你先把抹布放下，把臉和手腳洗乾淨，換上乾淨的衣裳，我帶你去個地方。」染翠也不回應他，只笑吟吟地瞅著他交代。

「喔——」這麼快就開始使喚自己了，這染大掌櫃的心眼真是壞透了。于恩華腹誹，卻也不敢任性，乖乖領了命令，跟在阿蒙身後去拾掇自己。

書房裡眨眼又只剩下黑兒與染翠兩人。

「來來，咱們把東西好好分一分。」染翠對黑兒招招手，臉上露出一股得意勁兒。

「阿蒙不是都分好了？」黑兒喜歡他現下的模樣，唇邊也帶上淡淡笑意。

「是啊，喏，這匣子金豬是我的，這匣子珍珠我要分一半，餘下的你都拿走吧。」染翠將自

己要的東西撥往一旁，其餘的全往黑兒身邊推。

「不是說一人一半？」黑兒皺眉不悅。

「隨口說說的，我又不缺這些玩意兒。」要不是看小金豬鑄得實在憨態可掬，染翠連金豬都不想要。至於那半匣珍珠，他是打算攢下來給蕭延安當結契時的添頭。

「我就缺嗎？」黑兒搖搖頭，將自己面前堆的東西，劃拉出大半又推回給染翠，其中還有那株野人參。

「這是個好問題，若是你我都不缺，那我指定有的比你多，甭與我客氣。」染翠說著，把東西又推了回去，包括那株野人參。

「其他東西都好說，這些藥材我也確實用得著。」黑兒嘆口氣，他再犟也犟不過染翠，只得把多數東西都收下，「可這株人參你拿去熬湯喝吧。」

染翠底子虛寒，光吃不長肉，偏偏忙碌起來時能整宿整宿挑燈夜戰，連瞇眼睡幾刻都嫌浪費時間。忙碌過後，往往元氣大傷，又像隻懶貓，能一整天窩在同一個地方打瞌睡，飯都懶得吃。

他過去仗著年紀輕還扛得住，這眼看都坐二望三了，不加緊補補身子可不行。

「不用，鯤鵬社庫房裡難道還少得了人參嗎？倒是你，剛受了傷得好好補，我讓廚娘替你燉個人參雞湯，必須得好好將失去的血氣給補回來不可。」染翠擺擺手，這等未滿百年的野蔘老實說他是看不上眼的，自打義父和闞成毅成了好事後，闞成毅也就成為他半個義父，榮親王庫房裡的東西他要開心，想拿多少拿多少，百年老蔘都有七八根呢。

聞言，想起闞成毅與染翠的關係，黑兒難掩自嘲地笑了笑。

「多謝了。」當即不再推辭，隨意用包袱全捆了起來，推到一旁去，「你說要帶于恩華去什麼地方？」

「你要一塊兒去嗎？」染翠頗有深意的一笑。

「我能一塊兒去嗎？」黑兒反問。

「行啊，有何不可？不過吧，咱們和于恩華要去的地方不一樣。」不一樣？黑兒面露疑惑。

染翠笑了笑，倒沒再繼續故作高深了：「我要把他送去范府見個人。」

「曾玉章？」黑兒立刻瞭然，「你把人給騙來了？」

「說什麼騙。」染翠白了黑兒一眼，「這叫姜太公釣魚，願者上鉤。」

「這條小魚都進你的網子裡了，還能不上鉤嗎？」黑兒哪裡不知道染翠？于家人之外，這隻小狐狸心心念念著要給曾玉章找不痛快，恐怕早就布好天羅地網請君入甕了。

「范東明願意幫你？」

「為何不願意？曾玉章膽敢操弄于恩華害蕭延安，就敢做出更多事阻止這樁姻緣。范東明是明白人，他要是想護著蕭延安，就得將某人的癡心妄想掐滅了才成。」

幾日前染翠得知曾玉章其人後，便找了范東明敘話，要求他用自己的名義飛鴿傳書給曾玉章，打著陪伴于恩華的名號把人騙來。

後頭的事該怎麼做，染翠也全都安排好了，這會兒恰巧安排傻乎乎被賣了還幫著數銀票的于恩華去看齣大戲。

「那我們又要去哪兒？」黑兒對染翠和范東明究竟商量了些什麼，半分不掛心。

「你倒是好奇。」染翠笑看他一眼，「帶你去守株待兔。不過要委屈黑參將，暫且充當我的小廝了。」

黑兒不置可否，他也不是頭一回假扮染翠的小廝了。

兩人約定好後，染翠從黑兒包袱裡挖出野蔘來，「說好替你燉雞湯的，今晚在我這用飯吧？我讓廚娘替你做幾樣甜品，紫蘿糕好不好？」

黑兒本想拒絕，可一聽見紫蘿糕三個字，到嘴邊的話當即吞回肚子裡，點頭同意了。

「昨兒我就估算著，于老爺、于夫人今兒會到馬面城，所以交代廚娘做個千層糕。兩樣點心都是你喜歡的，到時候沒吃完的帶回去，給你甜甜嘴。」

染翠做事向來熨貼，琢磨著黑兒這次受了大罪，他前幾天還爬牆去玩了黑兒的金鵰，是有些不厚道，也莫怪乎黑兒會同自己說那些話。

思來想去他打算示個好，把飛鴿交友這回事翻過篇。倒不是他全然沒意思找個知心的人陪伴自己，可這事兒急不來，眼下鯤鵬社裡的會員他誰都看不上，保不定得耗費個十年八年才訂得下來，總不能在那之前都不給玩金鵰吧？

黑兒雖然長得五大三粗，又因不愛說話而顯得難以親近，總有股不怒自威的霸氣。

這也就是為什麼于恩華見著他像耗子見了貓，會嚇得雙股顫慄，幾乎都站不穩了，只能靠著牆角維持些體面。當然，其中或許也有察覺自己竟然捅了威名赫赫的南疆軍參將一刀，擔心小腦袋不保的畏懼。

照說，黑兒這副模樣，任誰都會以為他該當是個愛大塊吃肉大口喝酒的主，誰又知道他其實酷愛甜食呢？想當初他們從劍拔弩張，到總算能平心靜氣地相處，千層糕與紫蘿糕可謂功不可沒。這也是為啥染翠有意示好的時候，頭一個想到的就是這兩樣點心。

「好，多謝。」黑兒果然沒推辭，眉眼之間藏不住一抹喜色。

染翠心下暗暗樂著，不枉費他這般籌謀了。這回把人安撫好了，趕明兒再翻牆去玩鵰。

不一會兒，阿蒙帶著換上僕役裝束的于恩華回來。成長至今被錦衣玉食養大的小少爺，渾身不暢快地拉扯身上料子稱不上多差，但價格只能說實惠的布料，渾身彷彿長了蟲般扭來扭去。

「怎麼？穿不習慣？」見他一刻停不下來，不住手地這摸摸那扯扯的，染翠調侃。

「倒也不是……」于恩華咕噥，他又不傻，這時候哪敢承認啊！他娘的意思很明白了，賣身契都簽了，這會兒該懂得夾著尾巴做人。

「主、主子，你……您要帶我去哪兒啊？」

「一個你想去許久的地方。」染翠揮開摺扇搖了搖，遮住半張臉蛋，擋住了帶笑的唇，卻擋不住那雙促狹的狐狸眼。

他們確實去了于恩華心心念念許久的地方。

少年看著眼熟的門扉，整個人怔忪了好半晌回不了神。

眼前這處宅子，正是范東明家。他半年前才在此處住了好幾天，要不是爹娘來信催了幾回，他指不定要住多久，根本捨不得離開。

現如今，他說不清楚自個兒究竟還想不想見表哥了。

「總算來范府了，開心不開心呀？」染翠笑問。

「開心……開心……」于恩華只能報以苦笑，他可忘不了表哥前些日子遠遠的，連話都不願與自己說，看了一眼就跟蕭延安離開的事情。

心裡頭的苦澀滿溢而出，少年緊咬著後槽牙，總算忍住沒落淚，就是說不出的鼻酸。

他是真心喜歡表哥的，也真心期待過兩人能白首共度的，他甚至都做好覺悟，自己脾氣不好

也太任性，在家裡有爹娘寵著，萬事不上心，可以任性自在的過日子。可與表哥結契後就不同了，表哥現下是舉人老爺，將來指不定能入京當官，他可得承擔起掌家的責任，不能讓表哥有後顧之憂。

結契前他會和娘親學習如何理家，雖然他是男子，但也心甘情願一輩子替表哥顧著家宅後院。甚至他都想好了，表哥將來成為官老爺，憑著自身的才氣，定能爬到高位，到時候沒有孩子可不成。

他可以從宗親裡找個孩子抱養來，也或者……幫表哥買個賤妾，生幾個孩子。表哥重情重義，就算有了孩子也不會因此虧待自己，一個小小妾室還不是任自己捏圓搓扁嗎？

可惜，無論他想得多透徹，他與表哥都不可能了。

于恩華幽幽地嘆了口長氣，覺得自己彷彿一夜之間長大許多。

染翠在一旁欣賞他臉色變幻，只差沒抓把瓜子來嗑了。這小少爺還真是個活寶，腦子裡想法挺多，卻總是不著調，雖不清楚他小腦袋瓜裡在想些什麼，但肯定又是些自以為是的心情。

「染大掌櫃您來了。」邊門打開後，迎出來的是范府的管家，一臉長長的白鬍子，瞧起來慈眉善目得緊，平日裡見著于恩華也是親親熱熱地招呼，這會兒卻像沒見著人似的。

這自然不是范府管家見人下菜碟，而是于夫人提前來招呼過了，說是于恩華已經是染翠身邊的小廝，不是于府的小少爺，用不著再捧著他了，見著時就當作一般僕役對待即可。

于恩華自己也沒臉擺小少爺的派頭，乖乖低垂著腦袋，緊跟在染翠身後，同阿蒙學著如何侍候主子。

「來，我把人先交給你了，晚些看完了戲，就讓他自個兒回去便是。」染翠對管家拱拱手，接著將于恩華推上前，「阿蒙，妳跟著他，切記別讓他衝動行事，必要的時候砸昏了也無妨。」

「知道啦。」阿蒙掩嘴笑著應下來，別看她是個容貌嬌俏的姑娘，雖不會拳腳功夫，手上力氣卻不小。

于恩華聞言顫抖了兩下，小臉別說有說苦了，他暗暗告誡自己無論見到什麼，千萬得按捺住脾氣不可衝動。

他可不敢質疑阿蒙一個姑娘家家放不放得倒自己，要真被敲暈了，他還有臉做人嗎？

把兩人交出去後，染翠爬上了車，對黑兒招招手，「進來吧。」

黑兒俐落地翻身上車，才坐定就聽見染翠交代車伕一句：「去海松樓。」

海松樓是馬面城這五六年才開張的茶樓，有幾道頗為拿手的小點受到了鎮南大將軍契兄吳先生的喜歡，風聲剛傳出的時候很是風光了一陣子，也算是乘著這等東風之便，海松樓在馬面城站穩腳跟，生意越發做得風生水起。

前幾個月，據說海松樓請到了京城有名的說書先生駐館一年，前陣子開始說起京城裡那些達官貴人們的閒談，特別著重說了某個神祕的結社，不避諱該結社就是為了成就男子歡好而成立，少不得說起一些香豔的故事。

知道的人一聽便猜到說書先生講述的是鯤鵬社的事情，吳先生還興致勃勃地去聽了幾天。

這位說書先生慧心妙舌，什麼無趣的事情到他嘴裡都跌宕起伏、引人入勝了起來，且尺度拿捏得極佳，既不冒犯任何人，又能在挑起聽客的好奇心後令大夥兒都滿意，每每聽得入迷，海松樓的生意自然是越發興隆了。

鎮南大將軍原本讓黑兒陪吳先生去聽，特意交代若說書先生編排了護國公府或吳先生，便無須客氣，當即把人拿下。

然而聽了幾日，黑兒都找不到說書先生哪怕一丁點錯處，就是說到鯤鵬社也都巧妙地暗捧幾

句，更隻字未提及護國公府與吳先生……這麼說也不對，說書先生確實提到有位小縣城的師爺，透過飛鴿交友成就好事，原本人生無望、想一死了之的人，如今宛如枯木逢春，日子過得有滋有味，說得聽客們無比嚮往。

莫怪乎這位說書先生名震大夏，就算捧著錢去請都不見得能請到人，那嘴皮子上的功夫，可謂舌燦蓮花。

又過了一陣子後，也就是這月初左右的事情，黑兒無意間與染翠說起這件事情，才從笑得一臉促狹的青年口中得知，這位說書先生之所以能說鯤鵬社的逸事，蓋因人家原本就是鯤鵬社培養出來的，先前都在闞成毅名下茶館酒樓說書，又被染翠借回來了。

細細回想……確實，這等行事作風隱隱有些染翠的風采。

此事鎮南將軍關山盡是知曉的，也莫怪他會僅讓黑兒一人陪著，就放任吳先生出入海松樓。而海松樓，則是闞成毅送給染翠的地兒，不過染翠為人懶散，管鯤鵬社已經耗盡氣力了，再讓他管個茶樓，分明是謀財害命。於是索性從京城總社抓了幾個管事、夥計、帳房先生過來，他直接當了甩手掌櫃。

至於交代給黑兒的命令，也僅止是因為關山盡從來就瞧染翠不順眼。

兩人打初會開始便劍拔弩張，彼此都樂於給對方找不痛快。原本吧，天朝大路各走一方，誰也礙不著誰，偏生當中卡了個吳先生，兩人也不得不捏著鼻子維持明面上的交情。

黑兒早都習慣了，權當作自己也去聽說書，偷得浮生半日閒即可。

「你要去聽說書？」黑兒隨口一問，他從沒猜對過染翠腦子裡打算做的事情，可不妨礙他心裡好奇。

「倒不是……」染翠沒個正形地賴在座椅上，狐狸眼半瞇半張，昏昏欲睡的模樣。

「你還記得前幾日，我說的那句『人生何處無鯤鵬，何必單戀一隻鵬』嗎？」

這可記得太牢了！都什麼亂七八糟的。

「記得。」黑兒忍不住嘆息。

「我讓人調查過曾玉章的背景了。這小娃兒不簡單，他是大房嫡子，不過他娘是續絃，本就不受寵愛，是曾老夫人逼著曾老爺娶的，說是娶妻當娶賢。曾老爺後院粗略算算也有八九個妾，良妾只有一人，餘下全是賤妾，也算是個葷素不忌的。」

後院的事情翻來覆去都是相似的，續弦夫人不受待見，曾老夫人又還精神矍鑠，絲毫沒將掌家權下放給兒媳婦的意思。曾老爺向來不管後院紛爭，他在一個個美人窩裡徘徊，也就新婚時與續弦夫人睡了兩三天。

曾玉章出生的時候，曾老爺已經整整十個月沒見過自己的正房夫人了。儘管是個兒子，可曾家又不缺兒子。後院小妾們要爭寵，肚皮自然都得爭氣，也不知幸或不幸，曾玉章前頭有八個哥哥，卻只有一個姊姊，生兒子還不如生女兒嬌貴。

這樣的母親生下的孩子，又是如此尷尬的排行，曾玉章從小受兄長乃至弟弟們的欺負，活得像不存在似的，曾老爺甚至都會忘記自己還有這麼個兒子。

不過，在曾玉章結識于恩華後，景況便有所改變了。

「你說，曾玉章究竟是巧遇于恩華，而被他給救了。或是打一開始，就計劃好了？」染翠在翻閱探子調查回來的卷宗時，也不免為曾玉章的心計讚嘆幾聲。

「無論有心無意，他後來都抓住了這個機會。」黑兒腦子裡沒那麼多彎彎繞繞，回答的也很耿直。

染翠用摺扇點了點下顎，贊同道：「你說得對，曾玉章終究得到了他想要的結果，獲得了曾

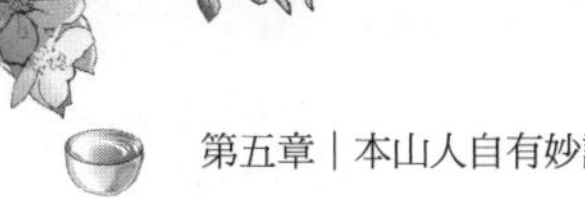

老爺及曾老夫人的青睞。我估摸著，曾家人很早就知曉于恩華喜歡男子，恐怕心裡存了點聯姻的念頭。」

「和于恩華？」黑兒表情頗為一言難盡。

在他看來，于恩華及曾玉章著實難產生情意，更別說于恩華癡戀范東明的事情，曾家肯定心裡門清。

「還不允許人家發夢嗎？」染翠想起兩個孩子的相貌品行，也不禁笑出聲來。

「白日作夢，到頭來都是空的。」黑兒誠實地評價道。

「確實，所以他們一手好算盤打破了。只不過，這場空是因為曾玉章看上的人是范東明，否則就他對于恩華的親熱勁兒，要是真想成就好事，于恩華怕是傻乎乎就被一口吞了。」

黑兒頗以為然，可聽到此處他不禁問：「這和你那句話又有什麼關係？」

「你說，曾玉章看上了范東明的什麼？」

「大抵是前程及富裕的生活。」黑兒直是直了些，但不代表他腦子駑鈍，曾玉章欲念重，而這些欲念的動心起念，不過是幼時獲得太少的不甘，一點一丁餵養出了一頭野獸。

「那假如在他眼前出現比范東明更有前程，又更加富裕的人，而這個人還主動撩撥他，你說他會不會動心呢？」染翠湊到黑兒耳側，話中帶笑地輕聲問道。

「定然會的，恐怕連一絲一毫的遲疑都不會有。」黑兒篤定回道。

「所以，你要扔個人去曾玉章眼前？」說著，他悄悄撇開頭，躲去了染翠不斷噴在自己耳側的溫熱氣息。

「嗯哼。」染翠揮開摺扇，擋住了自己半張臉，目光灼灼地盯著黑兒泛紅的耳垂，心裡說不出的得意。

哼！還說不同自己玩鵰了？這副模樣，他再去爬牆，黑兒也肯定拒絕不了。

黑兒自然知道自己耳垂發熱，仍故作鎮定，對染翠的目光權當不見。

「本山人自有妙計。」胸有成竹丟下話，染翠伸手往黑兒精壯的大腿摸了兩把，得意道：「你且看著吧！」

黑兒盯著那頑皮的手，摸完後逕直擺在他腿上安生立命，竟一時開不了口要染翠收回手。半晌，他乾脆轉頭看向外頭，就當自己是把扶手架便是了。

五年前馬面城第一商賈姓樂，當年搭上了鎮南大將軍，眼看即將一飛衝天的時候，被揪出了通敵賣國的事情，轉眼就被關山盡收拾得妥妥當當，至今幾乎沒人記得曾經的樂家。

而後王家頂替了樂家，成為馬面城第一商賈，靠著經商手腕與趨吉避凶的眼色，屹立至今。王白山便是王家的現當家，不過而立之年，丰神俊朗且儀表堂堂，慣愛穿不加紋飾的墨衣，手持玉柄摺扇，每每露面都是一道美景，引得無數少年少女春心浮動，多少人前仆後繼地送上門，不求天長地久，只願一夜風流。

也難得王白山從不為所動，身邊一直很乾淨，除了髮妻之外，再無其他鶯鶯燕燕的痕跡。而多年前王夫人產下一對龍鳳胎後，因失血過多挽救不及去了後，王白山也並未續弦，身側仍然不見伊人，即便是在馬面城，對亡妻深情如許之人也不多見，很是博得一番美名。

只不過，這都僅是表象罷了。

王白山搖著玉骨扇，剛到海松樓便被相熟的夥計招呼到二樓包間，他進門前下意識從欄杆邊

往下望了眼，大堂及其中喝茶聽說書的客人皆能一覽無遺。

也正是這一眼，他停下腳步，微微瞇起雙眼，直盯著大堂裡的某桌客人。

「爺，有什麼不對嗎？」夥計察覺他的不對勁，連忙上前詢問。

「你知道……那桌客人是哪家的嗎？」王白山啪一聲收起玉骨扇，指向大堂裡位於說書先生左側第二桌的客人。

那是個身著白衣，僅帶了一名僕役的年輕男子。有著馬面城少見的雪肌玉骨，恰好逆著初夏的午後日光而坐，渾身恍若籠罩在一層金色鮫紗之中。他半垂著腦袋，正專注聽著臺上說書先生講述大夏第一神祕的南風結社逸事，即便隔得遠了，依然能瞅見他兩排鴉青的纖長眼睫宛若兩片小扇子，在眼下落了一片青影。

王白山感覺自己的心彷彿被羽毛搔了下，怎麼看怎麼喜歡。

「那位爺是……」夥計就著扇柄的方向看去，心裡想：那是咱東家，鯤鵬社的染翠大掌櫃！可嘴上卻回道：「小的也沒見過呢！是頭一回來的客人，似乎不是馬面城人士。」

「不是馬面城人士……」王白山沉吟片刻，用扇柄在掌心拍了兩下，當即打定主意：「大堂裡的位子都坐滿了是嗎？」

「欸，是的。」海松樓的夥計都是人精，自然絕口不提包間還空著的事情。

「怕您介意，要不一般客人們都會併桌吃茶。」

「有什麼好介意？你們生意興隆，對馬面城是好事啊！我許久沒來了，甚是懷念你們這兒的幾樣點心，沒用過可捨不得回去，併個桌也無妨。」既然夥計遞來了梯子，王白山哪有不順桿往上爬的道裡？

「好咧！小的這就幫您過去問問，請王老爺稍待一會兒。」夥計將抹布往肩上一搭，轉身蹬蹬蹬跑回大堂，照著王白山指出的那桌客人跑去。

那頭，王白山一手扶著欄杆，一手搖著扇子，神情裡帶點不經意的慵懶灑脫，薄薄的唇勾起個似笑非笑的弧度，稱得上風姿卓絕，著實招人。

他看著夥計去到年輕男子身邊，隨侍一旁的僕役側身擋了一下，夥計便沒再靠上前，只是陪著笑臉比手畫腳了一陣，想來是在與年輕男子商量著併桌的事情。

男子安靜地聽著，半垂的眼眸順著夥計的轉述往二樓瞧去，一雙美得風情萬種的眸子就這樣與王白山四目相對。他遙望著拱了拱手，年輕男子彷彿被嚇著了，粉白面頰浮上一抹飛紅，迅速別開臉，對僕役及夥計說了幾句話。

見夥計滿面笑容地轉身又往二樓跑，王白山便知道事情成了。

果不其然，夥計帶著他來到年輕男子的桌前，擺弄了一下後空出給王白山落坐的空間。

「多謝兄臺大度。」王白山不急著叫茶或點心，反倒先與青年拱手搭話。

「哪裡，出門在外本該幫襯些。」青年粉白的臉龐依然泛著薄紅，雙目猶疑，瞥了王白山一眼後便挪開不再多看。

「在下王白山，敢問兄臺如何稱呼？」

經商多年，王白山自有一套純熟的識人之法。他不動聲色地將男子由上到下掃了一回，雖說一身純白衣衫，所用衣料卻是名貴的軟煙羅，質地細緻不說作工也繁雜，以暗紋繡著花草蟲鳥之圖，在日光中浮凸掩映彷彿活過來似的。

能穿著這樣一身布料，可見青年家世不低，最次也是地方上有名的商賈之家出身。

「在下姓董，董書誠。」男子飛快瞥望王白山一眼，眼尾眉梢似乎帶著隱隱的淺笑，猶如一把小鉤子，在王白山心口刮撓。

如若他別把全副心神放在「董書誠」身上，王白山便會察覺，在聽見這個名字的瞬間，站在青年身後的僕役面色奇怪，一言難盡地瞥了眼自己的主子。也會察覺一旁等著他點菜的夥計，滿面笑容也僵了一瞬，與面色黝黑鐵塔一般的僕役對了個眼神。

可惜王白山這會兒一門心思全在「董書誠」身上，已然認定眼前的青年出自富戶，卻並非正房嫡子，約莫是姨娘較為受寵的庶子，脾性軟和好揉捏，怕是沒多少見識與主見。

正是他最喜歡下手的對象。

自覺摸透了眼前之人，王白山便開始套近乎。果然，「董書誠」如他所料，是離馬面城三個月路程遠的廣林縣人士，家中做綢緞生意，莫怪身上穿著如此難得的名貴布料。

王家原先也是布疋商發家，早年馬面城戰亂連年，每年都會受南蠻掠奪，尤其在百足城滅城後，馬面城的命運更顯風雨飄搖。

在那種年歲，自然不會有什麼綢緞生意做得起來，買賣的都是最平常的棉、麻布與土布。可即便如此，王家還是一點點累積起家底。待鎮南大將軍擊退南蠻，穩住了南疆安寧之後，王家開始把觸角伸往綢緞。

不過吧，馬面城長年習性所致，穿綢緞的人依然不多，頂多就是做一件過年時穿著，三五年才會願意換一換。也因此，要不了多久王家的重心便從絲綢布疋上挪開。

然而安逸日子過久了，漸漸就會開始享樂。近三五年來，馬面城的綢緞生意漸漸興盛，王白山掌家之後，越發希望將這塊營生做大。

看著眼前被自己幾句話套了個底朝天，卻還毫無自覺的青年，王白山心中邪火燒得更旺了。他點了茶與點心，擺出一派熱情好客的作態，很快與「董書誠」熟識起來。知道青年是自己

偷跑出家門遊歷的，正打算離開馬面城後就回去。他在家裡雖不算最受寵的孩子，可他姨娘在父親面前還說得上一些話，加之嫡母甚為大度，平日裡對小輩並不刻意管束，他這回能跑出來玩了大半年，也多虧嫡母在後頭支持用度。

在王白山的旁敲側擊下，青年甚至還暴露自己性喜南風的隱私來，王白山更加滿意了。這人妥妥的是老天爺送給自己的餡餅，既然落入兜裡了，斷沒有往外推拒的道理。

在王白山刻意結交下，不過一個時辰，在說書先生說完一臺戲離場時，董書誠已經被哄得小臉紅潤、目光晶亮，藏不住對男人的愛慕之情。

眼看第一步走得差不多了，王白山適時起身告辭。

「王大哥你要走啦？」董書誠連忙起身相送，臉上滿是依依離情，眼神都黯淡許多。

「是啊。你今兒剛到馬面城所以不清楚，馬面城因為是邊疆要城，是有夜禁令的。戌時鼓響三百聲後，任你是天皇老子都不能在街上行走，必須得關門落鎖。眼下已經是申時四刻，你找到夜裡住宿的地方了嗎？」王白山溫柔的時候，確實面面俱到、妥貼細緻，幾句話又把董書誠說得心旌搖曳。

「尚未，我都不知道馬面城原來有夜禁令啊……」董書誠一臉信任地瞅著王白山，言外之意不言自明。

在花叢遊歷多年的王白山哪會聽不明白？可時機不對，眼前人是少見的極品，這會兒就吃下肚未免過於暴殄天物，再說他身上還有自己圖謀的東西，必須得放長線慢慢釣。

於是他故作沒聽懂，親切道：「那趁時間還夠，阿誠趕緊去找住宿的地方吧！你要是信任為兄，待你出海松樓後往左瞧，應當能見著一棟三層樓房，那是馬面城最好的客棧。」

「是嘛……」董書誠眉心輕蹙，神色間帶著淺淡的埋怨，卻沒有臉皮多央求什麼，只得拱手

道謝：「多謝王大哥提點。」

「對了，你打算在馬面城待幾日？」王白山自然將董書誠眼裡的落寞全看透了，心裡說不出的滿意。

「這……原本打算待上三五日的……」董書誠神態躊躇，想來是臨時決定多待幾日，所欲為何自不待言。

「那好，明兒不如與為兄相約去踏青？難得來到馬面城，為兄可得盡點兒地主之誼。」所謂打一棒子給一個甜棗，王白山用得可謂爐火純青，死死將青年拿捏在掌心裡。

聞言，董書誠雙眼一亮，不自覺笑開了花，「好啊！多謝王大哥！」

「來，我們擊掌為誓。」王白山伸出手，董書誠小臉紅得更厲害了，羞羞怯怯地用白嫩小手與王白山擊掌三次。

王白山接著說：「明兒卯時四刻，就約在海松樓外見吧！我帶你去吃個馬面城才有的早膳，再帶你去踏青。」

青年連連點頭，認認真真地把約好的時間記下，還確認了幾次會面的地方，這才不捨地目送王白山遠去。

見人走遠了，「董書誠」神情一變，什麼春心萌動的羞澀與欽慕，全都收拾得乾乾淨淨，換回了屬於染翠的精明與骨子透出的慵懶。

「唉呀，我腰都痠了。」染翠捶了捶肩又捶了捶腰，要不是還站在海松樓外擔心漏餡兒，這會兒肯定連好好站著都懶。

「先回家吧？」黑兒站在一旁虛虛扶著他的腰。

「行吧。」染翠招呼來掌櫃，讓他們替自己備好車，轉頭瞅了黑兒半晌，突然噗嗤一笑，

「你有很多話想問我吧？瞧你，臉拉得老長老長的，心裡窩火啊？」

被染翠點破後，黑兒也不掩藏心緒了，眉心頓時一蹙，質問道：「你究竟有什麼打算？為何要這麼做？」

他是真心看不透染翠這一連串行動意欲為何，在到達海松樓之前，他躲在馬車裡叫來掌櫃跟幾個原本是鯤鵬社夥計的跑堂，幾人湊一塊兒商量了幾句話後，染翠動手在臉上鼓搗一番，也不知怎麼做到的，乍看之下還是染翠的臉，可細看卻只剩五六分相似。

接著如他所說的，帶著黑兒在大堂裡守株待兔。

第六章　那天，究竟是誰下的藥？

「我和染翠只是好友，他年紀不小了，我勸他找個知冷暖的人陪伴一生，哪裡不對？」
黑兒幾乎是聲嘶力竭地替自己辯解。
「是沒有什麼不對……」
滿月忙活了一陣子後，才總算又把心思挪回黑兒身上。
「只不過，原本我們以為你會想自己成為那個人。」

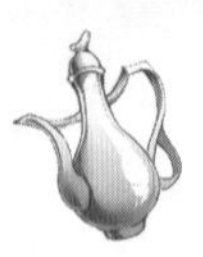

王白山其人，儘管兩人未曾照過面，黑兒卻很熟悉。

畢竟關山盡在馬面城幾乎稱得上土皇帝般的存在，加之先前動動小指，偌大的樂家產業一夕灰飛煙滅，女眷之外的男子無論年齡大小，全都流徙到西北苦寒之地去了，從各方面狠狠地立了個典範，任誰都不敢不夾著尾巴做人，削尖了腦袋想方設法得拍馬討好。

關山盡的原意並非收受賄賂，他要的只是馬面城或說南疆一帶的商賈能別做些吃裡扒外的事情，知道逐利太過是會掉腦袋的。

不過有句話說「貪官貪清官更貪」，雷厲風行的震懾之後，若是不接受商戶們的禮物，恐怕大夥兒反而心慌，人心就更不安定了。

於是，逢年過節，馬面城及鄰近縣城排得上號的商戶，都會送份心意到鎮南將軍府。而每年收了這些禮後，關山盡便讓手下將禮品全部換成錢，屯些米麵布疋藥材下來，冬日時便可以開倉濟粥，多多照拂貧困人家。

這些送禮的商戶裡，王白山可以說是送得最多，也最實惠的。

別的人家也許送些珠寶擺飾、綾羅綢緞、金石雕刻，唯有王白山送的全是白米白麵，加上幾車常用的藥材。

滿月評價過，這王白山有前途，但恐怕不是個安於現狀的。但凡他找著門路，就會是下一個樂家。於是特別派人盯著王白山，也就察覺他並沒有外界流傳的那般深情如許、從一而終。

事實是，王白山私下一直情人不斷，且偏愛男子。

他的夫人當年難產而死，多半也有他的手筆。

可為何明明身邊總有情人相伴，卻從沒流出消息，甚至博了一個情深義重的好名聲呢？這就不得不說王白山確實手段超凡，不是個簡單的人物。

從探子回報的消息來看，王白山總找性格軟弱好拿捏，在家裡不特別受寵，且來自外地的男子。畢竟馬面城民風驃悍，連女子都豪爽不羈，堅忍質直，更別說男子們骨子裡可都是透著一股血性的。

因此王白山不敢輕率下手，否則轉頭被剁了手腳也是有可能。

當然，即便是花心濫情，但只要兩廂情願，倒也沒什麼大不了，終究是他人閨房隱私，容不得旁人置喙。

可這個王白山卻玩得很髒，手段更是下作。

他之所以專門找好拿捏的外來年輕男子，全因為他這人靠尋常的性事無法得到滿足，他喜歡打人，最好要打到見血。

黑兒曾恰好撞見他的一場性事，說王白山是畜牲都算讚譽了。當下黑兒沒忍耐住，出手點倒了王白山，本想將被打得奄奄一息，血人也似的青年帶走，對方卻反而對著黑兒慘叫，死死抱著暈厥的王白山不願意離開，張口就是一連串粗鄙至極的咒罵，弄得黑兒手足無措，心裡說不出是什麼滋味，灰溜溜地離開了。

不久後，這個當初被自己救下，卻離不開王白山的青年被玩殘了。深更半夜被從王府後門扔出去，似乎就剩一口氣吊著命。

黑兒也不知怎麼自己與青年如此有緣，恰好又是在他探查王府的時候碰上這事，順手把人救了，送去濟善堂醫治。

據說，青年腦子再也沒清醒過，後來也不知流落何方。

這件事之後，滿月約了王白山會面，狠狠一通敲打，總算讓人收斂了些。玩還是偷偷玩，卻沒再弄死或弄殘人了，改成誘騙的方式，哄得看上眼的男子心甘情願與他顛鸞倒鳳，可一旦王白山玩膩了，隨手就將人迷暈送出馬面城，扔在路邊隨人自生自滅。

因著那些被玩弄的人本就性格軟弱，要他們替自己討公道那是不可能的，只能把苦楚往自己肚子裡吞。

王白山是個衣冠禽獸，黑兒自是很不待見他，這會兒染翠卻主動去招惹，他心裡默默憋了一股子氣。

染翠沒回答他，見車子來了之後慢吞吞爬上車，等黑兒也上來，車子動起來後，他從懷中摸出一個油紙包攤開，屬於糕點的甜香瞬間瀰漫開來。

是海松樓最出名的點心，松客常青。

主料是松子與白糖，松子榨出油後與白糖麵粉拌勻，分成拇指大小的分量後攤平，裡頭包上磨得細膩的松香棗泥，作成一個個棋子大小，外厚內薄的扁圓形狀，入蒸籠蒸熟後，最後用松葉燻製一晚即成。

用料雖簡單，步驟卻繁瑣，一口一個香甜軟滑，舌頭一壓棗泥就迸發而出，棗香松香交織著從鼻腔湧出，配上一壺被稱為金鑲玉的君山銀針茶，不可不謂美哉。

「吃不吃？」染翠掂起一塊松客常青，湊到黑兒鼻尖前晃了晃。

不吃……黑兒非常想硬氣地如此回應。

可唾沫卻渾然不理會主子的期盼，咕嘟在喉間滾了滾。

松客常青每年只在穀雨過後到芒種之前兩個月裡販賣，為的就是搭配金鑲玉茶，逾時就是想吃也吃不到。

今年他已經吃了幾次，再過不到一個月，海松樓就會停止製作這樣點心，可以說是吃一回少一回，黑兒當真沒有拒絕的底氣。

沉默地掂起一塊松客常青送入嘴裡，黑兒原本沉如鍋底的臉色立刻放鬆了許多。

直到此時染翠才開口解釋：「還記得我先前說的吧？曾玉章會被怎樣的男子吸引？」

黑兒皺眉，確實王白山方方面面都是曾玉章想攀上的高枝，但曾玉章今年才不過十五，真搭上了王白山，恐怕會被啃得連骨頭都不剩。

「我知道你想替我抱不平，可王白山手段太髒，曾玉章罪不至此。」

黑兒簡略將王白山的陰私說了，染翠卻神色未變，似乎早就知道這件事了，他心裡一凜問道：「你知道王白山的事情？」

「這不是顯而易見嗎？」染翠揮開摺扇搧了搧，「我特地假裝外地人，從頭到腳全按著王白山的喜歡打扮，你不也說我招惹他？確實是啊。」

見黑兒又要開口訓斥自己，染翠連忙擺手告饒：「你聽我說，我之所以選上王白山，也是因為他曾經想加入鯤鵬社使壞，不過探子調查過後，被我推拒了。你不是說先前滿月派你去打探過王白山嗎？其實一開始是我透露消息給他的。」

黑兒訝然地看著染翠，整個人都有些蒙，完全看不透他葫蘆裡究竟賣什麼膏藥，又怎麼牽扯上了滿月？

末了，黑兒抹抹臉，疑惑追問：「我聽不明白，既然你知道他是怎樣的畜牲，為何還要推曾玉章入火坑？」

「王白山遇上曾玉章，誰入火坑還不一定呢。」染翠搔搔臉頰，見黑兒還是滿臉鬱結，索性把計劃說開了：「我今日假扮的董書誠不是說家裡做絲綢生意嗎？王白山近日想拓展絲綢生意，若有個能借力使力的人物存在，他既可以事半功倍，說不准還能趁機撕下對方一塊肉來，何樂而不為？曾家做的，正是絲綢生意。」

簡言之，染翠打的主意就是讓王白山與曾玉章互相看對眼，他們都有想從對方身上取得的東西，王白山為了絲綢生意，約莫會乾脆與曾玉章結契，也不會對曾玉章宣洩獸慾。而曾玉章早想脫離曾府後宅，又想藉著有力的契兄替自己爭一口氣，討回臉面。

這兩人可以說是王八對綠豆，一拍即合啊！

「更有甚者，你見識過曾玉章的手段，面對于恩華他都能為自己的目的下狠手，等他成長起來，王白山是否還制得住他，那還真不好說。別忘了，他們兩人差了十五歲，待曾玉章風華正茂的時候，王白山已然日薄西山了。一開始曾玉章為了攏絡住王白山的心，肯定會想方設法確保他身邊不會有別人。相同的，在絲綢生意真正做大前，王白山也會顧及曾玉章的面子，暫時停下自己的狩獵。他們有的是時間互相折磨。」染翠一口氣說完後，喘了兩口氣，打手勢要黑兒趕緊奉上茶水給自己潤喉。

黑兒從暗格裡拿出涼茶，倒了一杯遞過去，看著染翠咕嘟咕嘟把涼茶給灌了，眉頭依然皺得死死的，絲毫沒有鬆開的意思。

見染翠喝完茶，他才開口：「我就想問一句，這和你去招惹王白山有什麼干係？」

染翠挑眉，「這可不是招惹，我是要讓王白山有機會遇上曾玉章。」見黑兒又想開口說話，染翠索性伸手摀住他的嘴，「你別再問了，我要真說出為什麼，你會更鬧心，何苦？」

柔軟的掌心壓得很牢，黑兒只覺得自己嘴唇上溫熱有之滑膩有之，鼻間盈滿屬於染翠的氣味，心尖上彷彿有什麼東西蠢蠢欲動，他連忙拉開覆蓋在自己嘴上的手，一時間什麼氣都生不起來了。

染翠也不急著把自己的手從他掌心中抽走，默默任由他握著，感受彼此的體溫。

氣候已經入夏，馬面城位處南疆熱得特別早，黑兒又是習武之人，冬天時像個火爐，夏天體

溫自然更燙，染翠覺得自己的手腕彷彿被一圈烙鐵箍住。

男人的手粗糙乾燥，即使只是這樣虛虛握在手腕上，染翠也能感受到藏在厚繭之中的瘢痕，刮在肌膚上有些癢絲絲的。

染翠偶爾會疑惑，實在說自己並不喜與人有肌膚接觸，儘管他做著迎來送往的營生，但性子其實是有些獨的。所以身邊才會帶著阿蒙這麼個小姑娘，而非更能照料自己生活起居的小廝。

偏就黑兒不同，自打兩人初見開始，他似乎就對這個男子沒有任何防備之心。明明那時候，黑兒身為鎮南大將軍的親兵，幫著拆了他在鵝城的鯤鵬社分社後院，每回見面都是公事公辦的表情，彷彿很不待見自己。

可他就是會在黑兒面前暴露本性，不是屬於鯤鵬社大掌櫃那種世故幹練、八面玲瓏，也不是面對屬下的慵懶閒散、萬事不上心。而是只屬於原本的染翠，又嬌又固執，明知道是強人所難，卻依然撒潑打滾也要達到目的。

一直到兩人成為朋友後好長時日，他才驚覺自己的所作所為，實則是在對黑兒撒嬌。要知道，即使是面對義父，他都從未想過撒嬌這回事，更多的是景仰崇敬之情，總希望別給義父惹了麻煩，寄望著有朝一日能報答義父的恩情。

唯一的例外，約莫就是為了搭上關成毅這棵百年老樹，爽快地賣了義父吧。

黑兒是不同的，染翠心裡知道，可這樣的不同究竟從何而來，他從來未曾想過要去追究。彷彿天經地義，在見到黑兒的瞬間他就知道了。

他喜歡黑兒親近自己，或是如同眼下這般握著自己的手，讓他可以感受到屬於黑兒的體溫。很燙，委實不大舒服，肌膚相碰的部分都微微出了汗。

這本應該覺得難受的，他卻說不出的喜歡。

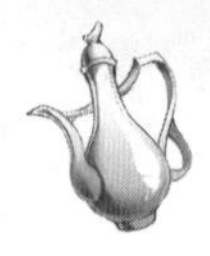

為什麼？這麼多年來，染翠第一次問自己這個問題：為什麼？

在他陷入自己的思緒時，手腕上的溫度突然離開了，被捂出的汗水在窗外吹入的風輕拂過時，涼得讓染翠打了個顫，整個人也回過神來，對面皮微微泛紅的黑兒挑了挑眉。

真可惜，他以為黑兒會再握得更久些，最好握到兩人回鯤鵬社為止。要不，乾脆再伸手捂一次他的嘴？

似乎看穿了染翠的想法，黑兒眉頭一蹙，警告道：「你要是再亂來，我就去外頭陪車伕。」

嘖！染翠咋舌，不得不將雙手安分地擺回自己身側，百無聊賴地擺弄自己腰上的玉珮。

車內一時無語。

黑兒本來就是個悶葫蘆性子的人，錯失了問話的機會後，就再也沒開口的打算。他們兩人相處時，本也都靠染翠主動搭話，黑兒再回應幾句。

「誰讓你要我去飛鴿交友呢？」半晌，染翠耐不住沉鬱的空氣，突然開口。

「我讓你去……」

黑兒感覺有些冤，他想起幾天前的晚上，自己是勸說過染翠尋覓自身良緣沒錯，可飛鴿交友這回事，卻是染翠自個兒提出來的。

「就是你讓我去的。」染翠白了黑兒一眼，仗著自己口才好，而黑兒連反駁都要思而後動，他迭聲續道：「原本我不想說這些話的，可都是你逼我的啊！咱倆那點破事都兩年了，一開始還是你主動找上了我，我那是忍辱負重，可憐你傻傻地被藥倒了，避免你被旁人占了便宜，略盡朋友間的棉薄之力。」

不不不，兩年前那個晚上，黑兒可是死堵著房門不讓染翠進的，可他被下了猛藥，那時候已經頭暈目眩、手腳發軟，是個三歲小孩都能推倒他，這才沒能攔住染翠。

「我……」黑兒剛想為自己辯白，就被染翠截了話頭。

「你要否認嗎？黑兒，你摸著良心說，那時候我要是沒出現，會發生什麼事？嗯？那種藥總不會是你心血來潮喝著玩兒吧？我可是瞄到了，進你屋子前，書房那側有個人影被我嚇跑了，難道是哪來的妖精想迷你的魂嗎？哼！」

染翠一通搶白，黑兒張口結舌，根本一個字都說不出口。

「慢著，這麼一說我想起來了！這兩年來我從沒問你這件事兒，你竟然也沒想過要同我解釋？那天，究竟是誰下的藥？」

染翠之所以認為黑兒應當知道下藥的人是誰，蓋因為他有兩個護短到天理不容的上峰，副將滿月及鎮南大將軍。

下藥這回事，就他對鎮南將軍府眾人的了解，起碼滿月肯定是知道的。那傢伙眼手通天，將軍府裡就是公螞蟻娶了雌螞蟻這種事情，恐怕都瞞不過滿月的眼。

黑兒是關山盡的左膀右臂，雖官階只有參將，可在南疆軍中的地位卻與滿月這個副將相差無多。猛然被人藥倒，還是那種下作的藥，滿月能不查清楚誰下的手？反正染翠是不信的。

黑兒當即閉嘴不言，沉沉地瞅著染翠，意思很明白：下手的是誰我知道，可我不會說。

他這會兒不只是個悶葫蘆，還是個鋸了嘴的葫蘆。

染翠胸口一股子火氣竄了上來，其中夾雜著委屈。

他抬腳就往黑兒襠下踢，半點都沒留力氣。

可黑兒哪可能讓他踢中？直接伸手把人從膝彎處撈住，染翠驚呼一聲整個人撲進男人滾燙厚實的胸膛裡。

「噯！」隨後而來的是悶聲慘叫，牛車恰好經過一個窟窿，狠狠顛簸了下，染翠翹挺的鼻尖

迎頭撞上黑兒硬邦邦的胸口，鼻骨一疼，眼淚就控制不住了，撲簌簌滾落。

車裡的場面頓時尷尬不已。黑兒本意是要控制染翠手腳，他知道眼前的小狐狸氣急起來，總會手腳齊上往他身上招呼。若是在屋子裡，或院子裡也成，總之不能在車子裡，他任由染翠踢打便是，左右他皮粗肉厚，染翠是個四肢不勤的，打人跟拍灰塵似的。往往染翠累得喘氣，黑兒一根毛髮都沒掉。

可車子裡卻不一樣，馬面城不比其他繁榮地方，這幾年雖然生息休養得不差，街道石板也整換過幾回，可畢竟工程浩大，平日使用上也沒啥妨礙，所以進度並不快，約莫有一半的地區，路面石板還是坑窪不少。

染翠身子單薄，身上都沒幾兩肉了，萬一摔著可不是鬧著玩的，輕則瘀傷破皮，重則見血斷骨，哪能放任他在行走的牛車上亂來？

殊不知，怕什麼來什麼，黑兒本意是保護染翠，這會兒卻反而害染翠翹挺鼻尖撞出一抹紅痕，配上淚眼汪汪的小模樣，別說多可憐了。

「對不住，我不是……你別哭啊！是我錯了。」黑兒當即慌了手腳，忙將染翠攬入懷裡，掏出汗巾來替他抹眼淚。

染翠實則屁事沒有，鼻尖碰胸口，那是肉打肉，能多疼？那點泛紅等回到鯤鵬社，恐怕啥痕跡都不會留。

然，打蛇隨棍上這種事，染翠大掌櫃可太熟練了，他正愁該怎麼從黑兒嘴裡問出下藥人的身分呢！眼淚可不能白流。

於是染翠吸了吸鼻子，偷偷伸手往自己大腿發狠捏了一把，他是一點餘地都沒給自己留，當即痛得小臉泛紅，金豆豆決堤似的漫流。

——唉唷！失手了！大腿肯定得青一塊。

黑兒正心慌呢，哪能猜到染翠心裡的彎彎繞繞，見人哭得悽慘可憐，越加過意不去，小心翼翼抱著人晃了晃，哄著：「別哭啦，是我的錯，我不該躲的，等回鯤鵬社了，你想踢我幾腳都行，啊？別哭別哭，臉都哭花了多難看是不是？」

你他奶奶的會不會說話！染翠在心裡白了眼。

他這人有些臭美，對自己的長相那是非常自豪且滿意的，總是維持著一定的風姿，就是哭也要哭得梨花帶淚，哪裡會像黑兒嘴裡說的這樣，簡直在說他這會兒像隻小花貓！還是從水裡撈起來的那種！

突然就不想繼續哭了，染翠冷著臉推開黑兒手上的汗巾，摸出自己的帕子抹眼淚，嘴上不饒人地抱怨：「臭死了！你這條汗巾幾日沒洗了？全是你身上的汗味，竟然還敢拿來替我抹眼淚，你撞不死我想熏死我是吧？」

莫名被夾槍帶棍懟了一頓，黑兒愣了愣，卻脾氣很好地將汗巾收回懷裡，「是我想得不夠周到。今日上午我與方何在院子裡過了幾招，想著練練身子，那時候就用這條汗巾抹了汗。味兒確實有些重，委屈你了。」

黑兒身上的味道是很純粹的男人味，乾燥的塵土與草木氣味中，混合著皮革味，應當是長久穿甲冑留下的氣味。

五年前還帶著金屬般銳意十足的味道，夾雜淺淺的血腥味，都是久經沙場才會有的氣味。這幾年都淡了不少。

實話說，染翠不討厭黑兒的味道，他自己身上的氣味有些雌雄莫辨，端莊的沉香味中帶著淡淡的甜，不若黑兒的陽剛味十足，很是互補。

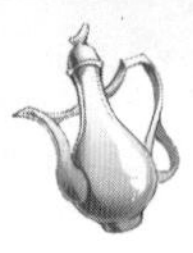

可他才不希望黑兒知道自己的這種想法，畢竟偷偷嗅聞一個男人身上的味道，總有種心懷不軌的猥瑣感。

抹乾自已臉上的淚後，染翠不忘又問了一回：「你還是不願意說，當年下藥的人是誰嗎？」沒料到他這般執著不放，黑兒臉色僵了僵，也不知哪來的靈光閃現，他反問：「那你呢？明明不需要主動招惹王白山，為何非要親自動手？又關飛鴿交友什麼事情了？」

這回換染翠雙唇緊閉，一個字也不肯往外迸。

兩人就這樣相對無語了好半晌，染翠才訕訕道：「好吧，你不說我也不說，反正錯都是你的。」可以說非常無理取鬧了。

然而被取鬧的人卻渾然不在意，他接過染翠手裡的帕子，仔仔細細把人收拾妥當了，好脾氣道：「是，都是我的錯，你別放在心上了。」

——就偏放，你又能奈我何？

染大掌櫃非常不講理地在心裡回應，面上卻笑靨如花地對黑兒皺了皺仍微微發紅的鼻尖。

從鯤鵬社離開的時候，已經過了戌時。

原本染翠欲留黑兒過夜，可黑兒還是婉拒了。

他驚覺，前幾天那勸解染翠尋覓良緣的一番話似乎是反效果，小狐狸非但沒打算停下兩人不清不楚的關係，反倒打算索性做點更過分的事情。

黑兒壓根不敢想像染翠打算做什麼，他只覺得心慌，要真留宿在鯤鵬社，明日自己定然會悔

不當初。

既然留不住人，染翠也不強求。他讓阿蒙把剩下的紫羅糕、千層糕以及松客長青都用油紙包好了，交給黑兒帶回去。

在黑兒打算告辭時，又拉著人偷偷去看從范東明那兒看了場大戲後，回來整個人都像抹遊魂一樣，正躲在廚房裡啃著饅頭配眼淚的于恩華。

「也不知道會不會太鹹？」染翠壞心眼的湊在黑兒耳邊輕聲道。

帶著一絲甜的沉香氣味盈了滿鼻，黑兒哪有心思去看于恩華怎麼著？這小少年沒吃過苦頭，從小家裡寵著，恐怕對人心能有多壞都是沒概念的，這也算學了一個乖，將來多點心眼，才不會沒幫著染翠，反拖了後腿。

至於染翠打算怎麼磨練于恩華，黑兒是不打算管了。

反正方何想與阿蒙成親也沒這麼快，他們是邊疆駐軍，又是有品級的軍官，這種娶妻生子的大事必須先呈報給軍部，由軍部上報給皇上，最後由皇上定奪。若皇上同意了，才會一層層將旨意派發至駐地，得等那時候才能成親。

一去一往的流程，少則半年，最長黑兒見過等了三年的同僚，方何興許可以借到關山盡的東風，想來能在一年內得到皇上的批文。

不過，那也是一年後的事情了。

這段時間，染翠指定能將于恩華調教妥貼，這點黑兒倒是半點不懷疑。

看著寂靜無人煙的街道，遠遠傳來更伕打梆子的聲音，黑兒思索著今日應當是陳校尉帶的巡防軍，也就不急著趕路了。

鯤鵬社所在的里坊就鄰近將軍府，黑兒腳程快，不到一刻鐘便回到住所。可他並沒有進自己

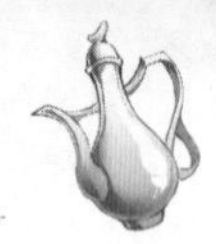

的宅子，而是推開緊鄰將軍府圍牆的那棟宅院的大門。

「你來啦？」剛推開門，熟悉帶笑的聲音便即傳入耳中。

「來，一塊兒喝個茶。染翠肯定讓你帶了點心回來，我可嘴饞著呢。」

循聲望去，庭院中央是個涼亭，裡頭點了燭火堂亮堂亮的，映照出一抹圓圓潤潤宛如十五月圓的人影。

「滿月。」黑兒喚了聲，並不意外對方正等著自己。他關上門，朝涼亭走去。

滿月是個胖乎乎的男子，銀盤似的臉蛋粉嫩嫩的，乍看之下更像個彌勒佛，而不是戰場上令敵人聞風喪膽的猛將。

他是鎮南大將軍最重要的臂膀，運籌帷幄不說，身手也超乎常人的矯健，與關山盡一搭一和，當年橫掃了西北戰場，殺得沙圖努人險些連世代相傳的土地都保不住，來到南疆也用不到五年時間打得南蠻不敢再進犯一步。

當然，滿月的腦子不是只能用在戰場上，實則行軍打仗不是他最擅長的部份，他最擅長的是打探消息，並用這些消息為大將軍排除行路上的障礙。

行有餘力之時，滿月也會連帶照拂同僚。可以說，南疆軍之所以如鐵板一塊，靠的就是關山盡的鐵腕管理，以及滿月暗地裡的監視掌控，主僕二人缺一不可。

身為第三號人物，黑兒與兩人最為親密，這是好事也是壞事。比如眼下，黑兒就覺得自己猶如被滿月扒光了衣物，什麼私密都赤條條地攤在對方眼下，半點隱藏的機會都沒有。

「帶了啥回來啊？」滿月臉上總是掛著笑容，一雙眼眸彎彎，總給人一種待人親熱的錯覺。

「紫蘿糕、千層糕還有松客長青。」

黑兒也不小氣，將懷裡的油紙包都拿出來一一攤開。糕點的香氣隨著晚風瀰漫開來，滿月深

深吸了一口氣，又滿足地吐了出來。

「染翠對你是真熨帖，這幾樣可都是好東西。」說著，滿月先掂了塊千層糕起來，放在鼻尖嗅了嗅，滿滿的酥油濃香與釀桂花的馨香。

鯤鵬社廚娘的手藝可說是一等一的好，據說是染翠十年前剛創立鯤鵬社不久，透過闞成毅的門路請來的。往後只要條件許可，無論染大掌櫃身在何方，必定會帶上這位廚娘。

松客長青姑且不論，這紫蘿糕與千層糕都是手續麻煩的點心，一般除了繁華地方的大酒樓，幾乎沒人懂得如何做好這兩樣糕點。

就是滿月不特別喜歡吃甜食的人，也抵禦不了染大掌櫃廚娘的手藝。

黑兒就更別說了，只要端出這兩樣點心，原本就對染翠無有不應的男人，更是活活展現了什麼叫做「鳥為食亡」的真意。

「說吧，你來找我想問什麼。」吃了兩塊千層糕後，滿月啜了口茶清清嘴，這才心甘情願提起正事。

黑兒嚥下嘴裡的紫蘿糕，啜了一口茶後才問：「你與染翠究竟葫蘆裡賣什麼膏藥？我知道他有的是辦法引王白山與曾玉章相識，壓根不需要自己前去招惹。」

滿月一揚眉，面帶促狹，「唉唷，我尋思著你要問我想如何處置王白山，想不到你問的卻是染翠的事情……你呀你，我就好奇了，上個月你和染翠之間究竟發生了什麼？這半個月來，你竟開始疏離他，著實令人看不透啊。」

要說黑兒這人，因為一身黝黑的肌膚，加之相貌粗獷、神情嚴厲，於是分明是個好脾氣又長於照顧人的，卻總被誤以為是酷厲之人。

這也難怪，黑兒出身不好，家裡是邊關軍戶，屯墾為生。

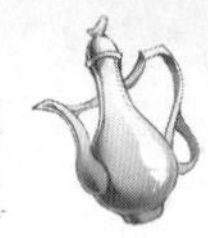

說起來他並不姓黑，他壓根沒有姓氏。黑兒不過是他爹娘取來方便叫喚的小名，源於他一身比尋常孩子要黑上幾分的膚色。也就是說，假如黑兒是個白娃娃，這會兒就會叫白兒了。

大夏朝所謂軍戶也稱軍籍，差不多是最低賤的戶籍之一。且世代傳承不得妄自變更戶籍，唯一往上爬的機會就是在戰場上建立足夠的軍功，才可能被破格遷出軍戶，但也僅能遷走一個人，家族依然雷打不動的留在軍籍中。

當然，普通軍戶是不敢做此妄想的，他們多半世代居住在屯墾區，貫徹以屯養兵的政策，平日裡其實沒什麼機會操練，上戰場就是去填人頭的，當那個「一將成名萬骨枯」裡的枯骨。

若生在別處，黑兒至多就是一輩子屯墾，也許哪天運氣不好會上戰場衝殺一陣，或許能換點軍功回來，或許帶著一身傷殘回家繼續種田。

偏偏，他出生在西北。

那時候西北沙圖努族與大夏之間征戰連年，沙圖努正值兵強馬壯的時期，他們當時的王也稱得上雄才大略，狠狠從大夏身上撕咬下三個城池，但猶未滿足，一心想吞併大夏入主中原。

因此，沙圖努軍隊攫戾執猛，幾乎以摧枯拉朽的姿態橫掃西北大地。大夏駐軍苦苦防守，可總有防不住的時候。

那一年，黑兒家鄉遭受沙圖努族偷襲，對方斬將奪旗一口氣連下三個屯區，所經之處血流漂杵，目之所及幾乎無人生還，說是阿鼻地獄都毫不誇張。

黑兒是少數活下來的人，那時候他不過七歲，在屍山血海中甚至連爹娘兄弟的那怕一塊枯骨都找不著。

他茫然地在連吹過的風裡都夾雜著血腥味的「家鄉」找尋了小半個月，直到最後真的連一滴水跟一口吃的都沒有了，他才不得不放棄隨著其他倖存下來的人往南方逃。

就這樣走了大半年，途中還幾次險些成了別人的盤中飧，僥倖最終都能化險為夷，孤身一人去到離西北屯區幾百里外的一個小村鎮芎宜。

那時候因為朝廷也亂了套，原定七年一次的戶籍造冊時間也延遲了接近三年，黑兒索性偷著把自己的戶籍報成了佃戶，謊稱自己因為水災家破人亡流浪至此，在芎宜與鎮長承租了一片旱地，就這樣努力把自己拉拔長大。

再後來他為了一個人又重新入了軍伍，回到西北戰場拚搏出了今日的成就，恐怕也是當年的黑兒從未想到過的吧！

但也因為這些經歷，黑兒在戰場上特別驍勇，衝鋒殺敵的時候帶著股狼一樣的狠戾，殺得敵人三進三出不是問題。滿月曾經好奇，他這麼凶狠拚搏，難道不怕死嗎？

黑兒離開戰場後，完全是另一個人，性子沉穩溫和，雖不愛說話可回話的時候語調柔軟，態度更是真誠有禮，很令人心裡舒坦。

『怕死自然是怕死的。』

滿月還記得黑兒回答自己的時候，臉上還殘留著敵人飛濺的血漬，已經乾涸了，蜿蜒滿布猶如鬼神，上一個給他這種感覺的人，還是關山盡呢。

『那你怎麼老是拚殺得那麼狠？』

滿月是真的好奇，對這個寡言的同僚燃起一絲興味。

沙圖努人與大夏已經戰了十多年了，西北戰場上的土地都因為曠時日久的戰爭，被染成一片暗紅。有些地方血跡未乾，又添上新的鮮血，踩上去的時候軟滑泥爛，就是習慣了血流漂杵景象的人，也會覺得畏縮。

可黑兒卻恍若未覺，他總是衝得很前面，腳步踩得很穩，手起刀落爽快俐落。

『我來是為了一個人。我也會為了他活著。』

黑兒抹去臉上的血漬，他身上也有不少滲血的傷口，正等著軍醫發派藥物。在說「一個人」的時候，聲音放輕了許多，溫柔得像是唸一首詩。最後幾個字則鏗鏘有力，滿月知道眼前這個男人不會輕易讓自己死去。

是可用之才。

於是身為關家軍副手，現在還正努力為自己拚軍功的滿月，與黑兒又套了幾句近乎後，顛顛兒找上自己的主子關山盡，把黑兒的事說了。

這麼許多年下來，兩人早就不只是同僚之間的情誼，更是生死與共的密友，滿月自然也知道當年他嘴裡說的那個人，究竟是誰了。

聽滿月調侃自己，黑兒臉色又陰沉了幾分，「我那裡疏遠了染翠？問你正經事呢！別想顧左右而言他。」

「我哪裡顧左右言他了？你會跑來問我這件事，代表沒從染翠嘴裡探聽到有用的消息。他那個人對誰都不安好心，偏偏對你逗弄是有的，大事上卻不會隱瞞，王白山這事兒也不算小事了，你說他今兒特意招惹王白山，還約好了明日一塊兒去踏青……對了，他讓你去嗎？」滿月最後一句話問得不可謂不扎心。

黑兒手上掂著半片紫蘿糕，瞬間失去了胃口。

染翠確實要他明日別跟著去踏青，說是怕黑兒在會害他分心，萬一沒如計劃中套住王白山這頭大尾巴狼，後面的事情就不好辦了。

畢竟曾玉章目前暫住范府，可畢竟名不正言不順的，于恩華又因為得知好友竟陷害自己，還圖謀表哥，怎麼著都不願意見曾玉章一面，說是害怕自己會忍不住動手打人。也因此至多再一兩

日，曾玉章非得返回康興縣不可。

機會僅有一次，染翠認為自己必須專心對付王白山才行。

簡直不可理喻！黑兒心裡氣悶，對染翠卻又絲毫沒有辦法。這壞心眼的小狐狸是在送他出門的時候才說了這個決定，那時候鼓聲僅剩最後的三響，他要不就進門與染翠掰扯清楚，這樣就註定得在鯤鵬社住上一晚；要不就是把這口氣嚥下肚子，趕緊回家。

黑兒選了後者，怎麼說他也不是個傻的，這不還有個滿月可以問嗎？可惜他卻忘了，滿月也是個唯恐天下不亂的主，從他嘴裡套話比從染翠嘴裡套話要難得多了。

「染翠應該說了吧，王白山與曾玉章這兩人正合適，身為良民，沒有人上衙門告狀的情況下，就算我們知道他私底下幹了什麼禽獸事情，能做的也不多。尤其是馬面城眼下商賈本就不多，百業還沒從破敗中完全立起，王白山手裡養了那麼多張嘴吃飯，就是捏著鼻子也只得暫且忍受他。」畢竟，今時不比五年前，馬面城也著實承受不起再一個樂家倒下。

更別說王白山比起樂家那是聰明狡猾得多，私德雖惡臭難當，做起生意來卻頗正派，即便有些手段稍嫌狠戾，卻依然遊走在律法邊緣。就算關山盡再如何目空一切，也不能隨意對平民百姓動手。

道理黑兒都明白，可他就是想不透為什麼，心裡的鬱氣壓得他難受。

「你能不能明白點告訴我，為什麼染翠要自己動手？他生活在馬面城，難保不會又碰上王白山。像王白山那等自傲之人，若是察覺自己被設計了，指不定會下什麼狠手報復。」黑兒站起身，焦躁地在滿月院子裡打轉。

他不過是要個准信，怎麼就這般難？這一個兩個的都愛打啞謎，著實令黑兒這種直腸子的人頭疼。

「他一點底都沒透給你？」滿月輕笑，他才不相信。染翠可太清楚黑兒的脾氣，那裡捨得黑兒抓心撓肝的想這件事？

「他說全怪我讓他去飛鴿交友。」黑兒撓了撓額梢，難得暴躁。

「你說這是什麼意思？我哪裡讓他去飛鴿交友了？是他自個兒說……」言到此處，黑兒猛地收聲，幾息後無奈地吐了口長長的氣。

「怎麼了？我聽著呢！」滿月喝著茶，吃著點心，聽得興致盎然。

「你當看猴戲呢。」黑兒沒好氣地覷了滿月一眼，「留幾塊點心給我，別全吃光了！」

再一看油紙包裡的糕點沒剩多少，黑兒心頭更是鬱悶得無以復加。

「要我老實說吧，你和染翠之間是不至於到猴戲，起碼也是個戲曲。」滿月可不懂什麼叫做「吃人的嘴軟」，他敲了敲桌子，半揶揄半無奈道：「我聽方何說，你告訴染翠，要他給自己找個伴兒是嗎？」

「方何怎麼會知道？」黑兒頭都大了，怎麼他的私事，竟然在同僚間傳遍了嗎？

「自然是阿蒙姑娘告訴他的。」滿月回答得理所當然。

「阿蒙怎麼會嚼主子舌根？」

黑兒認識染翠多久，就認識阿蒙多久，自然清楚這個姑娘的嘴有多嚴實，他從不懷疑就算有人威脅阿蒙要割了她舌頭，也橇不開她的嘴。

「這怎麼算嚼舌根？」滿月聳聳肩，「阿蒙是想問方何，你怎麼會說出這種話，該不會腦子被門板給夾壞了吧？」

好吧，他的這些好同僚，除了拿他的私事當談資之外，還不忘編排他幾句。黑兒霎時被氣得肝疼。

「我和染翠只是好友，他年紀不小了，我勸他找個知冷暖的人陪伴一生，哪裡不對？」黑兒捂著心口，搖搖欲墜地跌坐回椅子上，幾乎是聲嘶力竭地替自己辯解。

「是沒有什麼不對……」滿月見茶壺已空，便重新燒起熱水，忙活了一陣子後，才總算又把心思挪回黑兒身上。

「只不過，原本我們以為你會想自己成為那個人。」

這可不是挖苦或打趣，而是真正這麼想的。

黑兒平日裡怎麼對待染翠，大夥兒都瞧得真切。且不說黑兒原本就是個擅長照顧人的，這些年染翠不知為何把窩挪來馬面城，看樣子只要關山盡一日為南疆軍統帥鎮守邊防，染翠就會一直待在馬面城。

榮親王闞成毅甚至都私底下派人來打探過消息了，可誰也猜不透染翠究竟是怎麼個章程，最終只能勉強猜測，染翠是為了吳先生以及給關山盡找不快所以留在馬面城。

至於究竟猜中了多少，那誰都是兩眼一抓瞎，鬼才知道。

近五年吧，南蠻乖得緊，也派使臣前往京城議和，大抵也商議得差不多了，興許再過個三五年，邊防軍就不需要關山盡了。

也因此，近日的南疆軍可謂邊防無戰事，每天除了常規操練外，可說是閒得要死。

黑兒因著為人細心，加上與染翠交好，便承接下替吳先生到鯤鵬社領《鯤鵬誌》與鯤鵬圖的工作了。

一來二去，黑兒察覺染翠一忙碌起來就不吃不睡，每個月起碼得忙上大半個月，擔心他身子撐不住，索性時不時過去搭把手，幫著處理鯤鵬社裡的瑣碎雜事。

既然公事都承擔了，私事也不遠了。

不知何時開始，染翠不睡覺，阿蒙找黑兒勸；染翠顧著工作不吃飯，阿蒙找黑兒勸；染翠老用藍汪汪的印墨蓋得卷宗哪哪都是藍的，阿蒙還是找黑兒勸……不一而足。

滿月甚至還記得，有一回自己為了私事上門找染翠，那時候染翠正忙著審閱下個月的《鯤鵬誌》內容，人原本是窩在窗臺邊上的——這人也是古怪，書房裡的桌案只拿來放卷宗與圖卷，辦公時都懶洋洋地窩在擺放了靠枕的窗臺上——黑兒是陪著滿月一塊兒去的。

黑兒剛見到人眉心便猛然一皺，幾大步上前低聲不悅道：「不是說了不許這樣窩著太久嗎？腰疼了吧？臉色都不好了。」

滿月反正是沒看出來染翠哪裡腰疼，哪裡又臉色不好。窗外日光燦燦，映照著染翠粉頰泛紅、雙目炯炯，精神頭分明好得不行。

然後他見識到了啥叫做「得了便宜還賣乖」。

就見染翠低聲對黑兒咕噥了幾句，離得遠了滿月沒聽清楚，黑兒臉上卻滿是不以為然，末了鐵塔般的男子躊躇片刻，伸手把身量纖細的青年從窗臺上抱起，自己上了窗臺後，讓人舒舒服服靠在自己懷裡。

簡直沒眼看，滿月覺得自己眼睛都要瞎了，偏偏染翠還在那兒嘚瑟。滿月當下直想轉頭離開，可事情又火燒眉毛。沒辦法了，只能當作自己瞎了吧！

還有一回，滿月都忘了自己究竟是為什麼去找染翠。那日，黑兒早早去了鯤鵬社幫忙，他還特意詢問過阿蒙，確定兩人規規矩矩在做事，這才敲門求見。

手還沒碰到門板呢，就聽見裡頭黑兒溫柔地低語道：「你的鞋呢？又踢去哪兒了？」

「不記得了，也無妨吧！我就是下地走兩步罷了，穿不穿鞋都行。」染翠回答得漫不經心，顯然這是他的老習慣了。

「不成，你身子不好，寒氣從腳心鑽入最難防，要是病了就得吃藥，你不想吧？」黑兒語氣無奈卻沒得商量。

滿月想，這要不是自己知道裡頭是兩個大男人，還以為是哪個苦命的丈夫在哄自己任性的妻子呢！或是苦命的爹在哄自家被寵壞的傻兒子。

那天滿月沒見到染翠就走了，他不想瞧見黑兒幫染翠找鞋，止不定還會幫著穿鞋呢！光想像，他就虎軀一顫。

見識過黑兒怎麼對待染翠，自然對近半個月來的異狀難以視而不見。

自打上個月黑兒陪染翠過了生辰後，回來便將自己關在屋內大半天。

也從那天開始，黑兒除非要替吳先生拿東西，一次也未曾去過鯤鵬社。

第七章　這壓根就是藉機點鴛鴦譜吧

「我是要問你敢不敢承認自己心悅染翠。」

黑兒長長嘆了一口氣，

「你們真的都誤會了，我對染翠當真不是那種心思。且不說他年紀小了我許多，我倆壓根就不是一路人。」

還不一路嗎？

滿月用見什麼稀罕物什的眼神瞅著黑兒。

這要說那日沒出什麼大事，別說滿月了，就是腦子最虎的方何都不信。

可黑兒嘴巴向來緊，他不願意說的事情，沒人能讓他開口，染翠都不行。因著大夥兒只能各自猜測，交換了幾回想法後，還是沒能商量出個結果來。

阿蒙原想著，不如問問自家主子吧？染翠對他信任的人幾乎不設防，再說這點私事也不是什麼攸關鯤鵬社的祕密，就算被傳出去了也無傷大雅，即便成為他人嘴裡的談資，染翠依然絲毫不放在心上。

問是問了，可染翠對這事也毫無頭緒，他自個兒都滿腹疑惑，僅僅說了那天黑兒問過他心悅怎麼樣的男子，染翠幾乎都沒想，開口就說了一串條件，他也沒瞞著阿蒙照樣說了，阿蒙轉頭告訴方何，方何傳給滿月，滿月知曉了就代表半個南疆軍將領都知曉了，然後就是除了滿月之外的人全懵了。

這有什麼啊？就是個閒聊不是？黑兒至於疏遠染翠嗎？

滿月倒是隱約猜到黑兒為何因為染翠開的條件不舒坦，因而刻意疏遠了對方。但關鍵的是，染翠的條件可幾乎全與黑兒反著來啊！

這說明啥？這說明染翠恐怕都沒意識到，自個兒喜歡的壓根是黑兒這款男子。

瞧瞧染翠說了啥：白皙、俊秀、斯文，最好是飽讀詩書，懂得畫眉之樂，身量與我差不多便行，脾氣得好，還要懂得寵人。

黑兒在脾氣好及會寵人這兩項上，妥妥兒的無人出其右者，滿月這輩子還沒看過有男子能這樣寵一個人，就是擅長把人寵壞的關山盡都及不上黑兒。要是染翠心血來潮讓黑兒餵自己吃飯，都不用怎麼哀求脅迫，就只需要開口，滿月肯定黑兒會餵。

又是一陣惡寒，滿月腹誹：怎麼不索性連氣兒都幫著喘算了？

不過吧，他這個局外人看透了沒有屁用，當事的兩人對自己的心意全都懵懵懂懂，鬧將起來的話，外人連勸解都不知從何下手呢！

「你知道自個兒心悅染翠吧？」不過滿月自認是個好上峰，下屬心氣不順，腦袋轉不過彎來，他是該幫著排解排解，就是黑兒的症頭特別嚴重，得從根本開始梳理起才行。

聽見問題，黑兒抿著嘴不回答，眉宇間的鬱氣濃重得泛黑。

滿月瞅著黑兒陰沉如水的臉色半晌，點點頭，說道：「看來，這點自覺你是有的，還不算完全沒救。」

「我不是心悅他。」黑兒立即開口反駁。

「不是？」滿月微微拉高聲音，索性掰著指頭開始細數：「你倆除了相識的頭一年，至今四年間幾乎兩三天要見一次面。順帶提醒你，省得你忘了，第一年你倆雖然相互不對付，可因著吳先生的緣故，那是天天見面、朝夕相處的。不用客氣，我腦子好，記這點小事不費勁。」

這才頭一條呢，黑兒就被懟得什麼話也說不出來。他悔啊！後悔自己被染翠刻意勾搭王白山，又不肯對自己解釋清楚的行為給氣著了，才會腦門一熱自己送上門給滿月玩。

他在滿月這張刁鑽的嘴裡，活得過今晚嗎？前景顯而易見的堪憂。

「再來吧，自打南蠻與咱大夏休兵後，平日裡除了我與幾個軍師外，你們這些個兵也好將也好全都閒得發慌，你說說你幹了啥？三年前開始，你待在鯤鵬社的時間與你在軍營裡操練的時間，那是五對五不分軒輊。這就奇了怪了，你的餉銀是朝廷給的，鯤鵬社至多就用些點心攏絡你，還不是天天有得吃，結果你看，你對朝廷可有對鯤鵬社的上心？莫怪乎馬面城分社的人手一減再減，你一個人抵三個人用了。」滿月不客氣地又掰了一根手指續道。

黑兒頓時感覺沒臉見人。滿月說的話不但一針見血還一刀斃命。

「不過吧，這也無妨。左右你也沒怠慢對朝廷的職責，管束起底下的兵卒們，還是很盡責的。」什麼叫打一棍子給一顆甜棗，滿月可謂技藝高絕。

「還有呢……」

「別數了，我認輸還不行嗎？」黑兒連忙開口討饒，他原本是來尋求一個答案，結果成為了被人索求答案的那一個，什麼底氣都洩個一乾二淨，只求滿月好歹留條生路給自己。

滿月聞言一笑，嘖嘖嘖地對黑兒左右晃了晃肥嫩嫩的手指，「說這什麼話，我沒要你認輸，我是要問你敢不敢承認自己心悅染翠。」

黑兒著實無奈，他長長嘆了一口氣，用力揉了揉太陽穴。

「你們真的都誤會了，我對染翠當真不是那種心思。喜愛是有的，心悅卻說不上。且不說他年紀小了我許多，我倆壓根就不是一路人。」

還不一路嗎？滿月用見什麼稀罕物什的眼神瞅著黑兒。

「那你先前對他那般好是為什麼？」

「我對誰都很好。」黑兒如是回答。

狗屁。滿月當下就想把鞋子踢開，問黑兒願不願意替自己穿。

不過吧，黑兒腦子硬，他腦子可柔軟得狠，用腳後跟想都知道，他膽敢提出這等要求，今天他的小家就不保了。

南疆軍中扛鼎的兩個人物廝殺起來，拆掉一進宅子不在話下。就算時節已入夏，他也不想餐風露宿。

好啊，事情到這裡算是無解了。

滿月擺擺手，懶得繼續與黑兒掰扯，人生大好時光，何必浪費在這個榆木腦袋身上？

「染翠之所以主動招惹王白山，最大的可能是他覺得有趣，就是為了玩兒。」索性大發善心，解一解黑兒心中鬱結吧。

「玩兒？」黑兒虎目一瞪，這個理由讓他心底竄出一股火氣。要不是有夜禁令，他這會兒肯定要回鯤鵬社抓染翠給頓教訓。

「那樣的男人是他可以隨意玩弄的嗎？他圖什麼？」

「你不是要他去飛鴿交友嗎？他恐怕是權充試驗吧。」滿月懶懶地回道，還不忘往同僚的痛處戳兩把。

黑兒眉心皺得有九彎十八拐了。他明白滿月，既然滿月講得這般篤定，就算只是猜測，約莫也八九不離十了。

得到想要的答案，黑兒非但沒感覺安心，反倒越發心煩意亂。

「我既已替你解了心頭疑惑，夜也深了，你回去歇息吧。」滿月開口趕人，今晚的樂子取得夠了，可以睡了。

也沒什麼藉口能留下來，黑兒心裡再怎麼不得勁，總不能波及滿月這個無辜，只得悶悶地收起為數不多的糕點，又灌了一杯滿月的好茶，告辭離去。

兩家圍牆緊靠，黑兒正打算翻牆過去，滿月在那頭突然唉呀了一聲。

「怎麼？」他回頭疑惑。

「沒啥，我就是突然想起來，阿蒙姑娘來找過方何，說明兒商請他陪同，一塊兒與王白山去踏青……」話到此處，滿月誇張地搧了搧自己的嘴，「要命，我怎麼說出來了？你別放心上，也甭替染翠掛心。方何的武藝如何你心裡有數，一百個王白山紮成捆，也不是他的對手。你回去休息吧！傷還沒好全，別壞了根本。」

這會兒倒是想起他傷還沒好全了。黑兒著實拿滿月毫無辦法，他惡狠狠瞪去一眼聊表心中忿忿，卻也只能無可奈何地離開。

待回到自己屋內，黑兒半點睡意都沒有，腦子東一拐西一拐的回想滿月說的那些話，問自己的那些問題。

對於染翠，他確實沒有什麼不軌的心思。雖因著兩年前他被下藥的事情，有了些不清不白的關係，可至今也不過停留在五姑娘的走訪，更多就沒有了。

男人嘛！骨子裡總有股劣根性，大頭很容易被小頭帶跑偏。他不敢說自己有多正人君子，可長至如今三十餘載歲月，除了染翠之外，他還真沒讓任何人把玩過自己的大兄弟。

黑兒想不透自己為何拒絕不了，也想不透染翠為何樂此不疲，可他畢竟更年長些，得為染翠多參詳才是。

染翠應該找個能寵他、陪他一輩子的人，而自己配不上。

無論前一晚黑兒想得多透徹，早晨醒來時，他的心思照樣被染翠塞得滿滿的。

方何起得很早，今兒原本輪到他去處理文職工作，別看他一臉大鬍子，活像頭狗熊，關山盡身邊四個親兵，就數方何體格最為健壯，性格也最大剌剌的有些缺心眼。實則，他家裡是書香門第，在京城裡也算叫得上名號的世家。

不過吧，這人天生皮猴子一般，定不下心讀書，索性就參了軍。因此，四個親兵裡，文職工作最信手捻來的人，出乎意料的卻是方何。

比如黑兒這般出身，他是靠軍功被提拔起來，有了軍職在身後才開始學讀書寫字，高深的文章他是看不懂的，讀的全都是兵書，排兵布陣弄懂了就行，其餘什麼之書則也還之乎者也的毋須弄懂，左右用不著。

院子裡，方何正在練早課，一柄丈八蛇矛耍得虎虎生風，也因為他的武器特性，兩人的院子裡不種花草樹木，涼亭桌椅啥也一概沒有，就是個空空如也的地兒。正堂左側耳房裡放了幾把木椅及一張木桌，需要的時候再搬進院子裡使用。

黑兒稍做洗漱後，推門走出，恰好看見方何耍完最後一式，正坦著上身喘氣。

「黑兒，早晨好啊！」這點早課對方何來說比喝粥還輕鬆，只能算是活動筋骨鬆快鬆快，神采奕奕地招呼黑兒：「一塊兒用早飯吧？我作東。」

「行啊。」黑兒沒拒絕，他知道這是方何有事相求的習慣，想來為了陪染翠去見王白山，今兒想商請自己代個班。

等方何沖了涼洗去身上汗水換好衣物後，兩人結伴到不遠處的燒餅鋪子用飯。果不其然，方何央求黑兒替自己的班，沒說是與染翠有約，只說阿蒙今日難得有閒暇，兩人想去城外枕頭山踏踏青。

黑兒自然一口答應，心裡暗暗記下枕頭山這個地點，還從方何嘴裡套出了約好的時間並未改變，以及其他種種細節。

方何渾然不覺自己露了餡兒，胃口很好的喝了三碗粥，吃了兩屜包子及五個燒餅。倒是黑兒，心裡難得有謀算，便沒什麼食慾，只吃了半屜包子與兩碗粥就停手了。

要不了多久，方何與染翠約定好的時辰就到了，黑兒送方何離開後轉頭進了隔壁宅子，住的是另外兩個親兵，其中一人今兒恰好輪到休沐，見著黑兒時略顯吃驚，卻很爽快地應承了他的請託，替了方何委請的班。

一份日常文職工作，就這樣莫名轉了兩手。黑兒仗著自己還掛著病號，可以整日都不用露臉做事，回屋裡隨意裝扮了下，戴上一頂寬簷的斗笠，遠遠地看去，半張臉都被遮擋住，直接去了枕頭山山腳守株待兔。

時值初夏，白日裡陽光已然有些灼人，加上並非什麼特殊的日子，山道上幾乎見不著踏青的遊客。不過枕頭山上有一座古剎名為梧桐寺，據稱已有三百多年歷史，躲過南蠻的侵擾，悠然物外地矗立於山巔，參訪香客絡繹不絕，算是馬面城香火最盛的一座寺院。

枕頭山並不特別高，山勢也不陡峭，從山腳走到梧桐寺大門，約莫一個半時辰而已。就黑兒從方何那兒打聽到的消息判斷，王白山沒打算太勉強美人兒，只打算走到半山腰的聽雨亭看看風景，就下山回城裡用飯。

至於曾玉章，方何一問三不知，也就不清楚染翠打算怎麼讓王曾二人相遇。

不多久，黑兒從藏身處看見兩輛牛車前後來到山道邊，前一輛牛車剛停下，車伕邊坐著的大漢便跳下車，撩起了車簾。那一臉的大鬍子，不是方何還能有誰？

首先走下車的是王白山，他今兒未穿墨衣，而是穿了一身檀紫衣袍，上鏽行雲紋飾，比之昨日的簡樸大氣，顯得特別騷包。可不得不說，他模樣生得俊朗，這身打扮讓他多了三分風流、三分瀟灑以及三分親切，很輕易便能勾得人春心萌動。

王白山回頭遞出手，還在車裡頭的人似乎有些羞澀，躊躇了幾息才伸出一隻宛如玉石雕就的柔荑，也不敢握實了，僅有指尖輕輕搭在王白山掌心，怯生生的。

黑兒要不是知道那隻手的主人是染翠，都要相信王白山又勾搭上了一個不諳世事又性格綿軟的獵物了。

自認為是蟄伏的猛獸，王白山很滿意自己這回看上的目標，提起十二萬分的溫柔，動作很是體貼細緻。

染翠依然是易了容的，那張相似又甚不相像的臉龐泛紅，一雙狹長美目中滿是努力克制卻隱藏不住的綿綿情意，王白山多精明的一個人，怎麼會看漏呢？神態自是越發風度翩翩，猶如一隻開屏的孔雀不斷招搖。

方何既然假扮成染翠的僕役，很自覺地站在兩人身後，半點不上前打擾「主子」。

王白山低頭不知與染翠說了什麼，逗得染翠笑靨如花，乖乖地點了頭，任由王白山牽起自己的手走入山道。

黑兒正想跟上前，就見另一輛馬車裡也下來兩個人，定睛一看竟是范東明帶著一個十五歲左右的白衣少年。小小少年個子不大，膚色白得近乎透明，薄薄肌膚下暈出淺淺嫩粉與隱約的青色血管，一張小臉恐怕都沒有黑兒蒲扇般的巴掌大，尖尖的下顎帶點脆弱無助的可憐可愛，瓊鼻挺翹鼻頭有些圓潤，一雙杏眸彷彿會說話，瞅著人看的時候似乎包含了萬語千言。

少年的容貌也許不是頂尖的絕色，可美人在骨不在皮，他的嬌柔美麗從骨向往外蔓延，就是柳下惠都難免心神一盪。

雖說隔著一段距離，可范東明對少年說話的聲音並沒有刻意放輕，黑兒仗著一身武藝，也聽了七八成。果然，眼前的少年正是曾玉章，據說是明兒就要回康興縣了，聽說梧桐寺的籤詩特別靈驗，所以想來沾點福氣，問問自己心中所求是否能夠實現。

說這段話的時候，曾玉章的雙眸並沒有刻意盯著范東明，眼神也很清澈明亮，看不出一絲一毫的愛慕，可就是有那麼一兩瞬，他微微垂下眼瞼，又稍稍撇過臉龐，即便遠處的黑兒都瞧出了一種欲語還休的情意。

儘管早知道曾玉章這個孩子不簡單，卻沒想到手段能如此高明。若非范東明對眼前少年毫無意思，心中又早有了蕭延安的存在，保不定還真會被曾玉章滴水穿石給拿下。

不過此時，曾玉章就是再懂得送秋波，也不過對牛彈琴。范東明很明顯心不在焉，低頭問了幾次他是否真要徒步上山，何不坐車到半山腰再往上爬？見曾玉章次次都回答要走上去，范東明臉色雖溫柔，眼底的厭煩卻險些沒藏住。

等兩人也走入山道後，黑兒便跟了上去。他大約能猜到，染翠打算讓王白山與曾玉章在半山腰的聽雨亭見上面。

冷靜細想一切其實都有跡可循，曾玉章大抵不知道，而王白山以為染翠不知道，這個時節的馬面城，午前都會下一場大雨，大約要下上半個多時辰才會雨停，一路下到芒種之後夏至之前，每日約莫都是辰時七刻開始下，黑兒盤算著差不多在兩方人到達聽雨亭前，恰好會開始下雨。

莫名的，黑兒想起《白蛇傳》這折戲，白素貞與許仙就是在雨日的西湖邊相遇，由一把傘牽起一段姻緣。

那頭，裝模作樣假扮羞澀愛慕的染翠恰好也想到同樣的故事，雖說他和王白山都沒帶傘，范東明也在他的交代下不甚甘願的放棄帶傘，可姻緣照樣牽得起來的。

畢竟雨天就是最好的媒婆，曾玉章那朵小白花，肯定會想方設法令自己被淋得半濕不濕，楚楚可憐地尋求范東明關照。而成長在明爭暗鬥的後院中，曾玉章絕對不會把雞蛋全放一個籃子裡。一同躲雨的人中還另有個儀表不凡的男子存在，男子身邊還陪伴著另一個與自己相似的男人，曾玉章指定會使出渾身解數，吸引所有男子的目光的。

四人一塊兒躲雨，自然會聊幾句，待王白山察覺曾玉章是出身自康興縣的大絲綢商戶，儘管是個不受寵的嫡子，因而性子看起來軟弱可欺的時候，「董書誠」在他眼裡，就失去了魅力。

班孟堅說得好：天下熙熙皆為利來，天下攘攘皆為利去。

王白山對「董書誠」並不僅有情慾，還有利用之心。他想藉「董書誠」的家世，給自己的生意添磚加瓦。是以，他定沒打算把那骯髒手段用在「董書誠」身上。

然而此時如有個更符合王白山利益，或說能帶給他更大利益的人出現時，他立刻就會拋下「董書誠」，把目光轉向曾玉章。

就算再不受寵，嫡子終歸是嫡子，家裡的財富永遠有嫡子的一份兒，而明媒正娶的正室定有傍身的嫁妝，這些嫁妝在兒女婚嫁的時候，都會分出去的。若手段夠巧妙，曾夫人的嫁妝會全數由曾玉章繼承。

當然，王白山會捨不得如此合自己心意的董書誠，畢竟嘗都沒嘗過一次就把人放走，著實有些暴殄天物。可捨不得孩子套不著狼，他將來要發展絲綢生意，難保不會遇上「董書誠」本家，他的野心極大，可不想侷限於馬面城或南疆，他要做的是整大夏都排得上名號的大商賈。

他要是動了「董書誠」，那就是活生生落了一個把柄給他人。這麼多年來，他玩過的人沒有幾百也有幾十，至今只被鎮南將軍府給抓到一次痛腳，在那之後他更加小心，定不會讓人再抓住錯處。

因而當他看上了曾玉章，一個無論外貌、性格或家世都長在自己心尖上的人，「董書誠」便可以安全下莊了。

當然這一切染翠沒解釋給黑兒聽，但黑兒也並非無法靠自己想透徹。他是腦子直了點，卻不是傻子。也確實，跟在暗處的黑兒已然回過味來，隱隱明白染翠為何如此籌謀。

辰時七刻一到，原本在青空中耀武揚威的烈日轉瞬被濃厚的烏雲遮蔽，傾刻間碧空如洗的好天氣，陰沉沉地宛如黃昏。山上吹起帶著水腥味的涼風，一陣大過一陣，漸漸夾帶了凝聚而成的水珠，打在身上竟有些麻麻的疼。

不過眨眼時間，水珠越來越密集，當山風逐漸停歇，大雨已然滂沱。

兩撥人前後腳狼狽地躲入半山腰的涼亭中，黑兒早備好蓑衣，隔了一點距離蹲踞在樹上，藉著濃密的枝椏擋去多數雨水，反倒比涼亭中的幾人要整齊得多。

聽雨亭中發生的種種，正如染翠所謀算的，雙方先是不尷不尬地客套了幾句，曾玉章發覺王白山身分不凡，很是展現了一把自己的柔弱與細緻貼心，而王白山在得知曾玉章的家世後，果然熱情了起來。

染翠不免有些可惜，礙於自己正在扮演「董書誠」，沒法子拿荷包裡的瓜子出來嗑，看戲都少了些許滋味呢！

待到雨停，王白山對董書誠已經完全沒有了一開始的親熱撩撥，轉眼成了個恪守禮節的尋常朋友。

在曾玉章說到自己打算上梧桐寺求籤，王白山當即表示自己也正想去梧桐寺替母親求個靈符，不如結伴而行？至於董書誠是不是餓了，王白山這會兒又哪有心思關心呢？

黑兒遠遠地看著說說笑笑往山上走的王白山與曾玉章，總算把前因後果都理清楚了。他沒再跟上前，他看出染翠這會兒看戲看得興致勃勃呢，沒有什麼需要他掛念的地方了，不由得在心裡嘲笑了自己淨操沒必要的心，乾脆轉身下山。

都說只有千日作賊，哪有千日防賊。

對黑兒來說，也許還能更進一步的說：家賊難防。

饒他千防萬防，染翠還是爬了他家的牆，鼓聲結束前帶著阿蒙及于恩華，翻進了他的住處。

更有甚者，牆腳下頭還有方何這個吃裡扒外的接應，說是怕于恩華頭一回翻牆手腳笨，萬一摔壞了身子無法同于家人交代。

結果就是于恩華畢竟剛剛十五歲，正是手腳最為靈活的時候，爬上牆頭後直接就往下跳，在地上滾了兩圈，連個擦傷都沒有，對烏龜一樣掛在梯子上的染翠笑出一口小白牙。

染翠也不在意，他慢吞吞爬下梯子，很有閒情地理了理自己衣襬，拍去上頭的浮灰，對于恩華道：「那敢情好，以後你都能直接跳牆，梯子留給我和阿蒙用，可真貼心。」

于恩華愣了愣，隨即察覺自己又沒討著便宜，小嘴當即噘起來，忿忿地跺了兩下腳。

黑兒在屋裡本都打算睡了，他前兩日爬了半座枕頭山後，覺得自己身子骨有些鈍了，這幾天都特意進軍營裡很是紮實地操練一番，夜裡沐浴過後才發覺自己畢竟傷沒好全，確實有些乏了，估摸著早些休息也好。

誰知就聽外頭傳來熟悉的聲音，安分不了幾日的染翠，又帶著梯子來爬牆了。

他嘆口氣，心裡說不出的無奈，披上外袍拉開房門往外瞧。

「唷，還沒歇下吧？」一瞅著他，染翠便揚聲打招呼，並接過阿蒙好好提在手上的食籃，走上前。

「正打算歇了。」黑兒站在門口，意思很明確，不許染翠再次闖關。

「是嗎？」染翠也不硬闖，就站在門邊，探頭往屋裡瞧，這副模樣和前幾日別無二致，也不知道他想些什麼，看了一圈不過方寸的臥室，臉上同樣露出一抹滿意的淺笑，「我帶了下酒菜和酒，一塊兒吃？」

上一回只帶了酒，忘了帶下酒菜，未免有些可惜。這回染翠什麼都準備妥貼了，讓廚娘做了幾樣拿手的小菜。他將食籃舉至黑兒面前，輕輕一晃動，食物的香氣便飄散開來。

「有爆炒小脆腸、逡巡醬、豬皮子凍，對了，還有棗泥蒸糕。」一串菜名報下來，黑兒終究沒能逃出染翠的五指山。

眼前的人太狡猾了，黑兒心裡忿忿不平，竟然帶了棗泥蒸糕來。

「在院子裡吃？」他能做的掙扎也就這樣了。

「行啊，有何不可。」染翠是個大方的人，「恰好，也讓大夥兒替我參詳件事情。」

「什麼事？」方何正打算從耳房裡搬出桌椅，好奇問了句。

「我帶了近半年的《鯤鵬誌》來，打算聽聽你們意見，選哪個人交友好。」此話一出，就連于恩華都不敢喘一口大氣，所有人目光齊刷刷全定在染翠及他身側的黑兒身上。

「鯤鵬誌？」方何確認了一聲。

「鯤鵬誌。」染翠點頭，還貼心強調：「一共帶了半年的，六本，全是九州通版。」說著指了指于恩華背上的包袱。剛才也多虧了那個包袱當墊子，少年才得以毫髮無損。

儘管才幾日，于恩華在染翠並阿蒙主僕調教下，已不再是先前的傻孩子，他知道了許多該知道不該知道的事情。

這會兒彷彿背上的包袱裡裝了火，手慌腳忙地將東西解下，碰一聲扔在地上。

「怎麼笨手笨腳的？」染翠笑罵一聲：「快撿起來，都是好東西。」

于恩華下意識朝黑兒看去，被男人陰沉如水的臉色嚇得像隻小雞仔，縮起脖子顧不得丟臉，直接縮到阿蒙背後。

場面透著一股難言的尷尬及陰翳，誰都笑不出來也不敢說話，只除了染翠。

他彷彿沒感受到身旁的人宛如實質的不悅，還樂顛顛地踢了踢黑兒的腿側道：「你替我撿起來吧！我手上拿著酒菜不方便。」

包袱落地的時候微微散開來，露出裡頭精美的書冊封面。九州通版比起其餘版本要更加巧奪天工，在月光之下「鯤鵬誌」三個字甚至浮出一抹淺淺的金光。

顯眼得都沒法兒當作看不見，除非直接戳瞎自己。

黑兒是否會依言撿起這些玩意兒，餘下三個人都無法控制好奇地用眼尾餘光偷覷。

就如滿月對黑兒的評價，他沒見過比黑兒脾氣更好，更會寵人的男子了。關山盡都得退一射之地。

黑兒很不高興，臉色陰沉得難看，剛毅的五官顯現出一種凌厲的狠勁，可他還是默默走到散開的包袱前，仔細將書摞好後眼不見為淨地再次包裹好，提起來走回染翠身邊。

「今兒月色不夠亮，外頭又有風，到堂廳裡去看吧，省得傷了眼睛。」

于恩華都傻了，他扯了扯阿蒙，用嘴型問：黑參將不生氣嗎？他還關心主子的眼睛？

阿蒙見怪不怪，打個手勢要于恩華稍安勿躁，這才哪裡到哪裡，還沒開始呢。只是，她多少也有些意外，本以為《鯤鵬誌》的出現會讓黑兒強硬起來，畢竟無論怎麼看，儘管他說了希望染翠能覓得良緣，行為卻全然不是那麼一回事。

「還是你細心。」染翠滿意地點點頭，熟門熟路地進了東廂房的堂廳，黑兒立即跟上前。

因為宅子裡住的是黑兒及方何兩人，早已習慣簡樸的生活，平日來訪的又都是熟悉的同僚，於是壓根都沒想過如何裝飾屋子。

堂廳裡除了一張圓桌幾把椅子，左側那面牆前方擺了個武器架，上頭是幾把長槍及兵刃，看

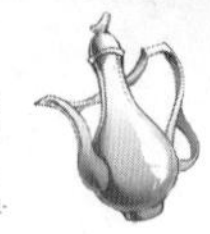

得出是仔細整理著的，一點都沒落灰。

桌椅也是極為乾淨的，黑兒點起了屋內的蠟燭，將包袱放在桌上後，轉頭去接染翠手中的食籃。將酒菜排布好後，染翠拉著黑兒坐下，阿蒙帶著于恩華正好從廚房拿了碗筷酒杯回來。

因著阿蒙與染翠關係親密，私底下並不特別在意主僕分際，都是同桌吃飯的。

廚娘的手藝那是真好，爆炒小脆腸口感滑嫩又脆爽，搭配著蔥段、薑絲及地胡椒，鹹鮮香辣配上尾韻偏辣的桑葚薄荷釀，著實令人停不下筷子。

逡巡醬也是廚娘的拿手菜，簡言之是魚肉與羊肉混合做成的肉醬，據稱是唐朝燒尾宴第三十三道菜，味極鮮美，單吃可佐米飯或大餅也可。實際上唐代究竟怎麼做這道菜，並未傳承下來，只是闞成毅心血來潮翻古書看見，覺得有意思，便讓家裡廚師研究著做出來。

費了將近一年時間，終於做出眼前這道逡巡醬，因染翠特別喜歡用這個醬捲餅子吃，廚娘就去學會了怎麼做。

來到馬面城之後，因為南方沒有北方那種大尾巴綿羊，山羊身上的羶味極重，肉又柴乾不夠鮮美，廚娘又費了數個月時間改良，做出了更勝過往的口味，成為染翠偏愛的下酒菜。

至於棗泥蒸糕，本身並不難做，只要棗泥磨得夠細，米粉得用新舊米混合一定比例下去磨成粉，這樣蒸出來的糕點才會有香氣又有彈性，餘下考驗的就是廚娘對火候的掌控功力了。

大夥兒很清楚棗泥蒸糕是屬於黑兒的，所以一開始就沒打算碰，只有于恩華偷偷瞄了兩眼，磚色的棗泥搭配堆雪般的米糕，哪能不被吸引住？

黑兒注意到了他的眼神，沒怎麼多想就挾了一塊進他碗裡。

少年頓時樂開了花，對眼前男子的畏懼一瞬間消散了七八成。

染翠好笑地瞅著少年小老鼠似地啃著棗泥蒸糕，果然還是個沒長大的孩子，一點小恩小惠就

忘了痛了。

幾人像是忘了桌上還有六本《鯤鵬誌》，吃著喝著嘮著，氣氛一時極為熱絡愉快，不知不覺酒菜都吃完了。

染翠秀秀氣氣地抹了抹嘴，偏頭對黑兒露出一抹笑，「來翻閱翻閱《鯤鵬誌》吧？」好嘛……躲得過初一躲不了十五，方何等人只能慶幸自己起碼吃飽喝足。

「好。我陪你看。」黑兒這會兒面無表情，看不出來是不是又不高興了，幾個人都不敢探詢，各自垂著腦袋剝適才阿蒙去拿碗筷時順便拿出來的花生與松子。

能別被拖下水是最好的，萬一真的躲不掉……方何與阿蒙交換了個眼神，又一同瞥向還傻傻地啃著半塊棗泥蒸糕的于恩華，小雞仔似的少年沒什麼分量，到時候一塊兒提溜走便是了，直接躲到隔壁滿月的住所去。

既然想好了退路，大夥兒看向黑兒的神色也平靜許多。

黑兒似有所感地瞥了眾人一眼，神色透出些許無奈，卻並沒有多做辯解，畢竟真要說，他也不明白自己為什麼心頭鬱鬱，有股陌生的火氣直想往外竄。

「我都排好順序啦，由上而下依照時日遠近排的，先看半年前的吧？不用每頁都看，翻開我放了紙籤的地方就行了。」染翠拖著椅子靠近黑兒，兩人的手臂緊靠在一起，薄薄的布料擋不住對方身上的體溫，黑兒震了下，下意識往後縮了縮。

他可以躲，染翠就能進，正所謂「得寸進尺」莫過如是。到最後黑兒實在躲到無處可躲了，只得無奈任由染翠把半個身子賴在自己身上，舒舒服服地指揮他翻開書。

要黑兒說，他壓根不想陪著看什麼《鯤鵬誌》，可他還是默默翻開了書頁。

頭一個印入眼簾的男子，看起來氣質溫潤、相貌俊秀，乍看之下與染翠應當算是匹配。

「他是黔州人，家世清白，有秀才功名，在縣衙裡做幕僚，父母雙全，有兩個兄長，他排行最末。我翻過先前探子蒐集來的消息，他為人和氣，在地方上名聲很好。與兄弟友愛，對父母恭順，此生唯一離經叛道的事情，就是喜歡男子。他三年前成為會員後，斷斷續續跟幾個會員通過信，曾交了幾名鴿友。可惜黔州地偏，最後都沒成就姻緣，至今仍在《鯤鵬誌》裡。」染翠的聲音幾乎是貼著黑兒的耳側，吹息帶著體溫，絲絲縷縷噴在男子耳垂上，一番話說完，黑兒整個耳朵紅得幾乎滴血一樣。

「聽起來不錯啊……唉！」方何下意識應了句，然後被阿蒙狠踢一腳痛叫出聲，連忙低下頭裝死。

「聽起來確實不錯，人也長得周正。」黑兒也應和，彷彿沒見到那頭的暗潮洶湧，專注地看著書頁上含笑的男子，以及寫在裡頭的訊息。

「他爹娘同意他與男子之間的往來嗎？」末了如此問。

「不同意。」染翠點了點男子畫上的臉，「就我探知的消息，他爹娘一直要求他娶妻，說是男子相合有違綱常，若真一定要和男人在一塊兒，也只能養在偏院裡。」

「那你還讓他留在《鯤鵬誌》上？」黑兒訝然。他知道染翠對鯤鵬社會員的審查有多嚴厲，斷不可能任如此對會員有傷的人留在鯤鵬社裡的。

「別急，那是他爹娘的意思，可他本人倒是挺扛事的。我說了，他唯一的缺點就是黔州地處偏遠，他又是黔州最偏遠的永安縣人，所以才會一直沒能成就好姻緣。」染翠笑吟吟地瞅了眼黑兒，伸手在他臉頰上刮了把，「瞧你心急的，我怎麼管理鯤鵬社，你不是最清楚嗎？」

清楚是清楚，但關心則亂。黑兒抓下染翠開始在自己臉上胡來的手，按在自己胸腹上，「黔州確實是太遠了，不過既然他能堅持三年，還能頂得住家裡人的施壓，是個有擔當的，配你也還

算過得去。」

「我也這麼想，再說黔州於我而言也不算遠，既然有分社在那兒，安身不是問題。」染翠不安分地動了動被扣住的手，沒被抓牢的手指在黑兒腹部搔了兩把。

男人垂眸看了他眼，說是警告更像是無奈的安撫。

染翠挑眉，暫且沒再繼續作怪。

「先看下一個人選。」黑兒對黔州這個地方不滿意，太遠了。從馬面城過去要八個月，從京城過去要半年，這還得是一路通暢沒遇上天候不好無法趕路的日子才行。

又翻了一頁，這回依然是個面皮白淨、文秀溫潤的男子，年紀倒是不大，才及冠不久，一雙眼生得特別好，彎彎的自帶笑意。

「他也在黔州，不過住的是黔州最大縣城洗萊縣，手上有間書畫鋪子，讀過幾年書但沒能考取功名，本人似乎也志不在此，打算守著爹娘留下來的鋪子平穩度日。這才二十歲，就活得像個小老頭了，父母雙亡有一姊一妹，姊姊已經嫁人，過得倒是挺好，妹妹年紀尚幼，今年才五歲。」染翠又湊在黑兒耳邊介紹，他確實對每個會員的家世背景都瞭若指掌。

黑兒照樣忽略吹在耳畔的溫熱氣息，平靜道：「目光看來很清正，應當是個好人。」

「確實，而且啊……」染翠輕輕笑了聲，往包袱的方向揚了揚下顎，「裡頭有個匣子，你拿出來打開。」

眾人這才注意到，包袱裡不是只有六本《鯤鵬誌》，還有個扁身子的小匣，先前藏得挺好，竟連黑兒都看漏了。

總覺得裡頭的東西有鬼啊！方何等三人面面相覷，誰都不敢動手。

黑兒伸手拿過了匣子，打開後發現裡頭是幾張畫著東西的宣紙。染翠把被扣住的手抽回來，

撥弄了下那幾張紙，「這是好東西，不過吧……阿蒙和小百善不能看。」

總覺得不是什麼好東西，被點名的阿蒙及于恩華同時抬頭看了染翠一眼，阿蒙率先開口：「不如，主子啊！你和黑參將看就好，我和小百善先離開？」

「是啊是啊，我還小呢！還看不懂好東西。」于恩華連連點頭應和。

「倒也不急著，我們繼續啊！這兩個人選都不差吧？」染翠合上匣子，把手又塞回黑兒手中，男人愣了下側頭睞了他眼。

「我尋思著，第二位這少年郎年紀輕，家裡養的鯤鵬也不小，家世清白還有可愛的妹妹，可見是個會疼人的還踏實，應當是個不錯的人選。」

沒人想問為什麼染大掌櫃對別人家的鯤鵬大小知之甚詳，鯤鵬圖和會員畫像不同，不會張張都經過大掌櫃的眼確認，照說一般都由分社掌櫃及繪師兩人過眼就行。

不過吧，染大掌櫃任性，他要是想看也沒人攔得了。

幾道視線同時聚集在匣子上頭，大夥兒心裡也都有計量，那些宣紙十之八九是鯤鵬圖了，且極大可能是原圖，即會員本人親手繪製，尚未經由鯤鵬社的繪師潤飾。莫怪阿蒙和于恩華不適合看，一個是黃花大閨女，一個是毛都沒長齊的少年，見到了多尷尬？

「那幹啥不讓第一個跟第二個會員熟悉熟悉？兩人住得多近，都是黔州人，永安縣和洗萊縣幾日路程啊？」于恩華小聲咕噥，這兩人擺一塊怎麼看都有鬼。

「小百善可以啊！」染翠讚許地對他點點頭，「儘管洗萊縣與永安縣距離一個月路程，兩邊負責的分社也不相同，但使用的《鯤鵬誌》倒是同一版本的，照說這兩位應當是見過對方的。」

「他們沒交過鴿友啊？」于恩華一聽讚美，人就飄起來了，渾然不覺阿蒙對自己使的眼色。這傻孩子，沒救了。

「動過念，但沒交過。」染翠晃著被黑兒握住的手，也不知怎麼就成了十指交握。

「你看，第一位會員夏生即將步入而立之年，可第二位會員方生卻才及冠不久，差了將近十歲。據我所知，夏生曾想寄信給方生，不過信都交了，卻又臨時撤走。說是覺得自己年紀大了，怕耽誤人家。」

說到此處，染翠側頭瞅著黑兒，唇角微勾續道：「而方生這兒也有意思，他那兒發生過同樣的事情，信都寄出去了，才跑去說要作廢，只得讓夏生那兒的分社掌櫃扣下信，扔火盆裡燒了。說是怕自己年紀輕，還帶著妹妹過日子，人家瞧不上。」

感受到染翠灼灼盯著自己的目光，以及怎麼聽都感覺意有所指的話語，黑兒卻只能裝作無所覺。可他能裝，染翠卻不會將他撇在一旁不理會，晃了晃他的手問：「你以為呢？這兩人若是通上了信，肯定能交上鴿友。」

面對詢問，黑兒無奈地回答：「他們能否交上鴿友我不知道，可你不是想自己交鴿友嗎？你該問的難道不是誰更適合你？」

「喔，是嗎？」染翠乜他眼。

「我覺得兩個人都不差，可興許更適合彼此吧？我得去信給分社掌櫃，讓他們使使勁兒，保不定能成就一段良緣。」話落，把標示著兩人書頁的紙籤給移走。

——這哪裡像自己要交友？壓根就是藉機點鴛鴦譜吧！

第八章　心裡有什麼東西隱隱要破土而出

染翠與黑兒之間，似乎又恢復了原本的親暱。可要說完全與之前相同，卻又有哪兒不大盡然。染翠看樣子並沒放棄飛鴿交友，黑兒似乎也任由他繼續，還時不時幫著參詳，看得旁人撓心抓肺，不懂這算怎麼回事。

之後又看了八九個會員，大抵都是同樣的流程，染翠鉅細靡遺地介紹會員家世，稱讚對方是多好的人，而下一個出現的指定與上一個恰好合適，只是各種陰差陽錯或膽怯害臊而未能認識上，一對對兒的，染翠全安排得明明白白。

最後就剩了一個，上個月才加入鯤鵬社，約莫二十三、四歲，是盧滙縣人士，離馬面城約莫兩個月路程遠，是個典型的江南水鄉之地，地理位置極佳，景色秀麗宜人，文人墨客經常去訪。縣裡池塘湖泊溪流占地近半，土壤雖肥沃，耕地卻很零碎，因此該地方人們生計以水裡長的東西為主。

男子有著一張南方人秀麗清雅的樣貌，長身玉立、翩然出塵，是盧滙縣令家中的帳房先生，與縣令夫人有點親戚關係。

方何先前看到染翠點了第三對鴛鴦後，在阿蒙的示意下，隨便編了個藉口順手把于恩華也一塊兒提溜走，堂廳裡眼下只剩黑兒及染翠兩人。

「就剩這個了，你覺得如何？」

少了外人，染翠更像沒了骨頭一般，髮髻都不知啥時候拆散了，墨黑如緞的髮絲披散了一身，髮尾落在兩人交握的手上，搔得黑兒直癢進了心底，心思根本無法專注在《鯤鵬誌》上。

「你看了喜歡就成。」除此之外他也不知道自己能回答什麼，染翠向來也並非他能夠掌控的，瞧瞧，就連自己的住所他都守不住，也不知道為什麼染翠非得爬牆。

「我是挺喜歡的……」染翠戳了戳男子的畫像，把腦袋靠在黑兒肩上，磨蹭了兩下似乎在思考什麼。

「你想去見他？」語氣帶了些咬牙切齒，可黑兒卻沒發現。

「也不是……」修長的手指輕敲著畫像，從臉龐一路敲到腰腹，眼看還要往下移，黑兒突然

暴起，一把扣住染翠不安分的手。

「嗯？」青年愣了下，不懂男人怎麼突然發起脾氣來了？

「手別亂摸，矜持些。」說著把他的手緊緊扣住按在自己腰腹上，黑兒語氣乾澀僵硬，帶著一股山雨欲來。

「啊？我怎麼亂摸了？」染翠是真的沒搞懂，他適才正想事情呢！

這男子原本只是自己隨意挑出來的，符合那日他對黑兒所說的條件。可不知怎麼，仔細看了幾眼後，總覺得有些眼熟。

說起盧滙縣的分社，染翠幾乎沒去過幾回，那地兒算是全國前十的大分社。總的來說，大夏朝的南風是南方遠勝北方的，特別是盧滙縣這種繁華的大地方，分社掌櫃可都是染翠頭一批訓練出來的心腹。

也因為信任，一般個別幾位分社掌櫃管理的地區，染翠除了慣例查看探子寄來的調查消息外，不會特別干涉該分社會員的交友狀況或加入退出的原因。比如盧滙縣、梨水縣、澄陽縣、朱岫縣等等地方，都是南方的大縣城，分社掌櫃也都是手腕最好，對鯤鵬社最忠誠的，向來不需要染翠多費心思掛懷。

照理說吧，這些地方的會員染翠都不大熟，甚至有些陌生，身家資料是知曉的，臉卻不一定對得上，眼前這個面皮白淨、一副謙謙君子模樣的男子本也該是，可他越仔細看，越覺得臉熟得不行……可就是想不起來自己為何覺得此人面善？

黑兒猛地脹紅臉，驚覺染翠適才是真沒有其他意思，更不是存心逗著他取樂，反倒是自己的舉動露了怯。

他連忙鬆開染翠的手，可青年不樂意了，反手握了回去，不偏不倚按在黑兒養鵬的地方。

雙方同時一愣，黑兒畢竟是武將，反應更快了些，空著的手握上染翠的肩，想將人推開。可染翠回過神的速度也不慢，他推染翠就往前靠，手更是絲毫不客氣地往金鵰的位置按得更深。

這都不能說僵持，黑兒推不了兩寸，就被染翠進了一尺，什麼叫做「得寸進尺」？這就叫得寸進尺！還要再進兩尺！

幾番推搡下，染翠跨坐上黑兒的大腿，一手攬著他的脖子，一手隔著褲襠玩鵰，春風滿面都不足以形容他的得意。

「你的鯤鵬也是養得很好呢，讚一句膘滿肉肥都不為過。」

意思是那個意思，可黑兒怎麼聽都覺不痛快，不像是讚美，反倒像調侃。他已然退無可退，只得伸手摟住染翠細細的腰，懷裡的人是真的纖瘦，穿著便於爬牆的短打，腰被束得只剩一把，幾乎能單手圈住。

可染翠雖然瘦，卻非那種骨頭凸出硌手的身形，而是瘦出一種難以言述的風流。

他骨架子纖小，都藏在肉裡，摸上去特別滑膩細嫩，抱在懷裡時整個人都是軟乎乎的，勾得人心裡發慌。

黑兒感覺自己像抱了一團火，想放手卻又捨不得，他莫名想起滿月前幾日問自己的話：『你知道自個兒心悅染翠吧？』

他當時怎麼回答來著：『我沒有。』

那時回得有多斬釘截鐵，眼下黑兒就有多動搖。

他隱隱察覺自己心裡有什麼東西鬆動幾分，幾乎要破土而出。他狠心一咬牙，將那點萌芽的東西死死踩回土裡。

他喜歡染翠不假，卻斷不可能心悅這隻小狐狸！

「染翠，快下去！」

搖搖欲墜的神智猛然歸位，他稍用巧勁就控制住在自己身上作亂的手，狠狠地按在腹部，連手指都不給動彈那怕一下。

「就不。」染翠也拗上了，發勁抽了幾次沒能抽回手，人還差點從黑兒腿上翻倒，要不是男人眼明手快一把將人抄進懷裡，恐怕真得摔一個屁股敦，保不定連手都要脫臼了。

可染翠全不領情，說到底他這般狼狽不都是黑兒的錯嗎？回過神來後，他難得氣憤地用指頭戳黑兒胸膛，質問：「你什麼意思？黑兒，你倒是把話說清楚啊！」

黑兒那天想與自己劃清界線的話語極為傷人，前段時日因著曾玉章與王白山的事情，也為了替黑兒出一口氣，染翠總不讓自己多想，在阿蒙面前也都隨意敷衍兩句便揭過，他說服自己可以用點心安撫黑兒，牆還是照樣爬的，他就是喜歡和黑兒做那檔子事，有何不可？這兩年不都這樣玩過來了嗎？

他不懂黑兒怎麼突然就不願意了？或許是今日酒喝得多了些，也或許是終於把近日最煩心的事情給處理妥當心無罣礙了，一股難以忍受的委屈猛然衝上心頭，他瞪著黑兒，卻不知道自己鼻尖與眼眶都紅了，說不出的可憐。

見了他這副小模樣，黑兒的心就一陣陣地疼，連忙把人又往懷裡帶深了些，溫柔地拍撫著他背心安撫，那手勁輕得像是怕碰碎了懷裡的人，不夾帶一絲旖旎。

染翠哼哼兩聲，卻也沒端著不給哄，順著桿往上爬才是正道。他將整個身子窩進黑兒堅硬滾燙的懷裡，臉頰貼在男人肩頭蹭了蹭，「咱們不是好好的嗎？」

「是。」這種時候，黑兒也沒耿直到硬要和染翠對著來，再說他本也覺得這兩年來，確實沒什麼不好。

無論染翠想不想找個伴兒，終歸在找到之前他們可以心照不宣地繼續親暱下去。

真要黑兒說，他也想不透自己那天究竟怎麼就脫口而出，緊接著腦袋一熱就再也回不去原本的想法了。

他怕自己拖住了染翠，害小狐狸錯失自己的良緣，他最希望的終究是染翠能活得肆意開心，有個人能寵著陪著，瀟灑一輩子。

而他永遠不會是那個人。

只是他也不願意去想，適才心底那萌動的情緒究竟是什麼。

「那你為何硬要把我推給別人？」染翠確定自己喝多了這會兒酒勁往上衝，弄得他腦子暈暈乎乎，也控制不住嘴，什麼話都往外冒，身子更是蠢蠢欲動地貼著黑兒身子扭動，盼著兩人能再更親密些，最好不分你我。

「我沒把你推給別人。」黑兒無奈，他也察覺了染翠的不對勁，低頭看了眼靠在自己懷中的臉蛋，一雙精明的狐狸眼這會兒化成一汪春水，上挑著偷覷他，不其然就四目相交，兩人同時愣了愣，染翠隨後笑開。

「你偷看我。」不安分的手往上碰了碰黑兒的眼尾，艷若春桃的臉上是得意的笑。

「你也偷看我。」黑兒回敬一句，卻沒阻止他在自己臉上作亂。

「此言差矣，我可不是偷看，而是光明正大的瞅著你。」

染翠的手指從黑兒眼尾往下滑，輕撫過頰側剛毅的線條，順著稜角分明的下頷骨直滑到頸側，末了在男人突起的喉結上揉了一把。

黑兒被摸得悶哼聲，咽喉如此脆弱的地方被一碰之下寒毛猛然豎起，渾身肌肉也繃緊了幾分，要不是懷裡的人是染翠，敢對他做出如此冒犯且可能輕易取他性命的舉動之人，這會兒不是

殘了就是死了。此時他卻忍著沒有推拒或閃躲，僵硬著任憑染翠施為。

「咱們和好吧？」

染翠的手指在黑兒因為緊張而上下滾動的喉結上流連，直把男人渾身的肌肉都摸得緊繃發硬，他才勉為其難停下手不再繼續逗弄，改為攀住黑兒的頸子，將他的腦袋往下按了按。

「給個准信吧，嗯？」

這句話幾乎是含著黑兒的耳垂說的，宛如點燃了一簇火苗，燙得他連心尖都發熱。

好吧，他確實拿這隻小狐狸一點辦法也沒有，所有罩門都被拿捏得死死的，他甚至都分不出來染翠是真的不慎喝醉了酒，還是算好了自己會被酒勁衝暈，所以刻意為之？

可無論事實如何，他終究退讓了。

「行，和好。」

這些日子來的堅持與掙扎像個笑話，也不知自己究竟整這一齣大戲是圖什麼。黑兒緊了緊手臂，紮紮實實抱著終於安分下來的小狐狸。

得到了自己要的答案，染翠滿意了。

他輕輕打了個哈欠，總算不繼續在黑兒身上作亂，兩隻手乖巧地擱在黑兒肩上，像個終於玩累了，願意安歇在父親懷裡的小壞蛋。

「我好睏了……」染翠哈欠了聲，在黑兒肩上又蹭了蹭臉頰。

「今晚不玩鵰了？」黑兒難得溫聲逗弄懷裡的小狐狸。

「總有玩的時候，不急在這一時半會兒。」

染翠的眼眸幾乎完全閉上了，就留了點縫，也不妨礙他乜黑兒。才剛和好呢，人就飄了？哪能不敲打敲打，還真當他是隻病貓了？

黑兒果然被噎了一口，滿心滿眼都是無奈。他難得嘴花花一番，染翠半點沒客氣一剪子連根都沒放過。他就不該同染翠耍嘴皮子，純粹給人當靶子打的。

「睡吧，我抱你回房裡。」

「嗯……」小狐狸變成了一隻慵懶的小睡貓，心滿意足地打起呼嚕來。

黑兒在一陣燥熱中從睡夢裡醒來，長年軍旅的訓練，加上習武之人的警惕心重，要不是身邊昨晚睡的是染翠，又是在自己孰悉的屋子裡，他不會直到此時才醒過來。

思緒並沒有在惺忪中持續多久，眨了眨眼他就徹底清醒，並察覺身下的異常。窸窸窣窣的小動靜傳入耳中，來源於自己的下身……更準確點來說，是自己的鼠蹊處。

馬面城在過了清明後，每下一次雨就更熱一些，此時應當不過卯時，日頭已經高高掛起，在窗前灑落了一地沙金般的光暈。

黑兒昨晚睡前並未放下床幔，拔步床內也亮堂堂的，他眼睛一睜就瞧見跨坐在自己大腿上，大方脫得只一件紗衣，連褻衣褻褲都沒穿的染翠。

「做什麼？」黑兒剛睡醒的聲音少了平日裡的柔和，嘶啞低沉中帶著隱隱的銳意，以前還曾嚇壞過身邊的傳令小兵。

可放在染翠身上半點用也沒有，青年對他笑出一對梨窩，細白的牙像兩排小貝殼，不動如山地坐在他大腿上，手中的動作也沒停下來的意思。

「玩鵰。」多理所當然。

「不能等我醒了再……」昨夜染翠確實說過，總有玩的時候，黑兒卻沒想到這時候來得如此之快。

「你這不是醒了嗎？」染翠乾脆地堵住他的話，白皙的身軀在一層紗衣外加幾縷早晨日光的籠罩下，透著宛如上好珍珠般的圓潤光暈。身上無一處瑕疵，全是雪白的，胸前兩點則粉嫩得如兩片花瓣，黑兒不慎瞄到一眼後，隨即狼狽地別開頭不敢再看。

「你這隻大金鵰總是比你的人要老實直率得多。」可身子的反應卻騙不了人，染翠別說多得意了。

「別老把這種話掛嘴上……」

黑兒在軍營裡大老爺兒們扎堆的環境裡生活久了，什麼腥羶下流的段子沒聽過？男人湊在一塊兒，整日打仗把腦袋別褲腰帶上，唯一能抒發的管道也就嘴花花兩句。

大夏軍營一般有軍妓帳子，可早前在西北實在太艱難，有力氣嘴上侃幾句不著調的已實屬難得，誰都沒那精氣神真去找個男人或女人洩洩火……

不，那時候哪來的火？魂都快交代在戰事裡了。

更別說，哪來的妓子願意拚著生命危險去西北戰地？那是去洩火的，還是去當錙重糧食的？

後來這些軍官將士跟著關山盡移防南疆，頭幾年也是一樣的景況，打仗就去了半條命了，人得飽暖才能思淫慾啊！

這幾年南疆已平，才終於有了軍妓帳子出現。

不過，黑兒向來不感興趣，他心裡同情那些妓子，有些人是罪犯之後，有些人是日子過不下去，只能做最低賤的軍妓。雖說關山盡御下軍紀嚴明，妓子在南疆軍中的日子比其他地方的軍營要好得多，滿月不忌諱讓他們偶爾外出走走玩玩，最遠還許他們到城外幾座寺院道觀禮佛參拜。

可，再怎麼說一雙玉臂枕千人的日子，定然也不會好過。可若沒了這份安身的營生，這些妓子連活路都沒有。

黑兒從未少聽這些胡話，也不是沒有妓子笑笑鬧鬧的勾引自己幾句，那些露骨的挑逗何止下流，就是黑兒這樣的大老爺們都曾經被鬧了幾次臉紅。

染翠這幾句話，說真的算不上多麼糟糕，還透著一點可愛。可黑兒就是怎麼聽怎麼不得勁……主要是胯下的鯤鵬老是越聽越硬，這可不是好事。

幾句話而已，就拿捏他到這種程度，就是黑兒天性溫和，也難免感覺自己的男子氣概有些搖搖欲墜。

說到底，就是覺得自己在染翠面前丟了面子。

「我說錯了嗎？」染翠一臉無辜，用手撥弄了下剛掏出來的大金鵰，就見原本安分窩在巢中的鳥兒，猛地顫抖了兩下，隨即昂起頭來，耀武揚威地對染翠擺了擺身子。

「精神頭挺足啊？」

聽染翠這樣一讚，大金鵰更來勁了，原本還半硬不硬的，迅速就硬得前端滴水。

黑兒只覺得小腹猛地燃起一股難以抑制的衝動，呼吸都沉重了幾分。性器已然脫離他自己的掌控，染翠甚至都沒碰就脹得老高，還越來越粗壯堅挺，沉甸甸的像根燒紅的火鉗子。

「你……別太過頭，隨便弄幾下就算了。」大清早的，黑兒不想沉溺在性事裡，他臉皮還是薄的，白日行淫於他來說還是有些太過不知廉恥。

可昨日說了要和染翠和好，總不好才一晚就後悔吧？左右只是兩人互相用手撫慰，用不了太長時間。

「喔……」染翠顯然有聽沒進，一下一下用柔軟修長的手指把玩撥弄黑兒一柱擎天的金鵰，

或用手掌握住上下滑動，或用指尖在龜頭前端的裂縫輕搔，一雙漂亮的手幾乎玩出花來。

這可苦了黑兒，他咬著牙忍耐，大腿緊緊繃起，腰腹上排列整齊的肌肉也都繃得益發塊壘分明，薄薄的汗水覆蓋在深色肌膚上，宛如抹上了一層油，好看得讓人口乾舌燥。

染翠身體上的反應也全然沒有遮掩，秀氣的鯤鵬也挺了起來，有些含羞帶怯的模樣，不若黑兒那般勃發張揚，卻別有一番勾人的景致，似乎散發著甜膩的香味，隱隱約約掃過黑兒鼻端。

他忍了忍，最終敗於自己的本能之下，伸手往染翠身下探去，卻被半路攔住，和染翠沾著他碩大分身流出的滑膩精液的手十指交握。黑兒揚眉，不解地無聲詢問。

「你知道風月之所怎麼訓練小倌或妓子們的嘴嗎？」染翠一手還撥弄著黑兒的陰莖，一手緊緊握住男人的手按在自己下腹，頑皮的眸光從半垂的眼睫下迅速掃了黑兒一眼。

「不……知道……」簡單三個字，黑兒回答得艱難萬分，隱忍緊繃的額間凝聚了大顆大顆的汗水，順著剛毅的面龐往下滑。他不敢對染翠哪怕進犯一分，卻不知道自己這岌岌可危的理智還能維持多久。

要知道，上個月染翠生辰後他就極度壓抑自身，包含前些日子與染翠玩鵰時也是克制到極點，一次都沒碰染翠，甚至都不敢真正放任自己喪失理智，全然無法真正沉浸在快感中。

如今兩人把話說開了，黑兒可不敢保證自己的腦子能清醒多久。

「哪，我說給你知道？」

染翠歪了歪腦袋，像隻無辜的小貓兒，柔聲細語地貼在黑兒耳邊問。

兩人硬挺的鯤鵬擠壓在腹部，相互磨蹭了幾下，黑兒的理智險些潰堤，一雙眼忍得都發紅了，頸子上突起的喉結猛烈滾動了幾下，鼻間全是屬於染翠那種帶著甜味的沉香氣味。

「你說……」他壓根不知道自己說了什麼。

「你知道，人的嘴其實是另一處極樂世界嗎？」吐氣如蘭的輕語掃過耳畔，黑兒腦子嗡了一下，空著的手狠狠按在染翠背上，讓兩人身軀貼得更加嚴絲合縫，兩隻鯤鵬也磨蹭在了一塊兒。

「啊……」

似乎沒料到他會這麼做，染翠軟軟地輕呼了聲，黑兒覺得自己根本是搬石頭砸自己的腳，胸膛更是被叫得火急火燎，眼前微微發黑，牙關咬得喀喀響，當真是用上了全身的氣力才沒當場掀翻染翠狠狠搓揉一番。

可這隻小狐狸還不滿意，柔軟的唇在他耳垂上啄了啄，自顧自說著話：「嘴用得好，比淫穴或菊穴都要讓人神魂顛倒，對小倌和妓子來說，還更省時省力。這是連清倌人都會的技巧。」

「你……想說什麼……」黑兒咬著牙，他下身的陽物硬得發疼，凸凸鼓動著，染翠還不肯消停地用柔軟的腹部去擠壓，他箍在纖細腰身上的手臂繃得死緊，經年鍛鍊出來的結實肌肉隱隱抽動的，似乎拚了命在忍耐什麼。

「嘴及喉嚨是一體的。」染翠總算大發慈悲，不再繼續顧左右而言他，枕在汗濕滾燙胸口上的臉頰蹭了蹭，眼角眉梢俱是帶著媚色的笑意。

「妓院或小倌館的老鴇，會在妓子小倌們還是孩子的時候，開始天天往他們嘴裡塞東西。一開始只有小指般長拇指般粗，用的是蛇六穀磨成泥後做出來的東西，軟滑有彈性，咬進嘴裡的滋味和男子的陽物頗有些相似。」

蛇六穀是芋頭的一種，黑兒以前在北方不常見到，南方人卻常吃。他自然知道那是什麼滋味，卻不想竟被用在這麼下流的地方，這讓他以後還吃不吃蛇六穀？

「十日為一期，每日鍛鍊兩個時辰，十日後休息三日，這三日要服用特殊的藥材熬的湯藥，讓口舌咽喉更加軟滑緊緻，更容易滑膩出水。當然，歌聲特別好幾個人可以少喝一些湯藥。接著

再訓練十日，等嘴裡習慣含著異物後，就把小指長換成中指長，拇指粗換成兩指粗。就照這個方法訓練，最終將咽喉也捅開，能毫無障礙地含著半尺長的角先生一整日，那就算出師了。」染翠聲音好聽，就算說得是這般骯髒下流的事情，也讓人耳中心底全癢得不行。

這一番話，說得黑兒如墜雲霧之中，下身物什卻硬得更厲害了，前端更是汨汨流出黏膩的精液，連同染翠的陽物都沾得濕漉漉的。

「你、你說這些……做什麼……」再忍下去，黑兒覺得自己會成為太監。可他還是不願意嚇著染翠，就算染翠這會兒壓根是上房揭瓦，但凡有點脾氣的常人都會把人掀下去打幾個屁股，偏偏黑兒就不這麼做。

「黑兒，你猜猜……」染翠揚頭啃了口黑兒繃緊的喉結，軟滑的小舌尖還壞心地舔了兩口，「我的咽喉訓練過沒有？」

黑兒頓時感覺自己的耳中嗡嗡兩聲，彷彿有什麼東西斷裂了，壓抑到極限的慾望一口氣衝上腦門，什麼溫柔體貼、禮義廉恥，就像冬雪遇見春陽，消融得一乾二淨。

男人眨眼就把只穿著紗衣的青年翻倒在床上，張口惡狠狠地在修長宛如柳枝條般白細的頸子上狠狠咬了口，直咬到嘴中泛開腥鹹的味道，才像隻惡狼般鬆開牙關，改用舌頭舔拭那處見血的咬痕。

身下青年被咬得輕哼，軟軟的聲音聽在男人耳中，可憐得讓人想做得更過火一些。

粗糙巨大的手掌捏住青年小巧下顎，手勁沒怎麼控制，留下了幾個淺淺的指印，男人卻恍若未見，雙膝分別跨在青年腦袋兩側，近一尺長的巨物帶著滾燙的熱度，懸在青年柔軟的嘴唇上方，頂端流出的精液滴滴答答落在白皙艷麗的面龐及肉嘟嘟的嘴唇上。

「張嘴。」黑兒用雞蛋大小的龜頭戳了戳染翠的嘴唇，他大可以用手直接捏開小狐狸的嘴，可那也勢必會留下青紫的瘀痕。黑兒的腦子是糊了沒錯，卻也沒糊到會真正傷害到染翠。

「我試試你練沒練過。」

被壓制在身下的青年卻半點被驚嚇到的模樣都沒有，唇角甚至帶著淺淺的笑容。他沒拒絕男人的命令，而是乖順地張開了嘴，紅唇之下是兩排珍珠般的貝齒，齒間是柔軟艷紅的小舌，美得不可方物。

黑兒不再忍耐，慢慢把陽物前端往那張小嘴裡塞。

濕熱窄小的嘴巴裹住碩大敏感的龜頭時，黑兒眼前倏地一白，總算明白為什麼染翠會說人的嘴穴是極樂世界了……他熊腰一緊，從腰椎麻上了後腦，爽得低吼出聲。

他的物什極粗極長，可說是男人間萬里挑一的極品。氣味有些濃重，卻不是難聞的味道，而是充滿男性氣息滾燙又帶著皮革般腥臊的氣味，沉甸甸的分量十足。

但也因委實太大了，他又從未做過這檔子事，所以光塞了個龜頭進染翠嘴裡，後頭該怎麼辦卻也抓瞎。

更何況，染翠不是那種躺著任人施為的性子，在黑兒仍陷溺於初次體會的愉悅爽感時，他用手握住了男人粗壯的莖身，靈巧地上下套弄幾回，柔軟的舌尖細緻地舔遍圓鈍的龜頭及下方溝槽稜角，直至發出濕漉漉的嘖嘖聲後，又壞心眼地鑽進微微開合的頂端裂縫裡勾弄，刺激得陽物竟又大了幾分，搏動得更激烈。

黑兒真的差點瘋掉，他低沉的嘶吼道：「染翠！別……別太過分了……」快感凶猛地敲擊在腦門上，他一手撐著床頭，彎著上身目光像猛獸一樣盯著青年漂亮的嘴如何含著自己。

「我哪裡過分了，嗯？」染翠沒吐出嘴裡的物什，含糊卻挑釁地回道，細白的牙微微刮搔在正爽得不行的龜頭上，彷彿在嚼弄。

有什麼東西在腦中啪搭一聲徹底斷去。

男人猛地用手捏住染翠兩頰，也不管是否會留下瘀痕了，迫使染翠將嘴張得更大些，牙齒和頑皮的舌尖都無法再繼續作亂，只能任由黑兒胯部往前狠頂，一口氣塞進了半根粗長滾燙的巨屌，渾圓的前端直接戳上咽喉上的小舌，惹得染翠乾嘔，他卻像沒聽見似的。

「呃……唔！嗯……」染翠下意識伸手去推他的下腹，指尖所觸之處都汗淋淋的，根本推都推不開。

男人精液的鹹腥味在口中蔓延開來，灼熱到發燙的龜頭及粗壯的莖身緊緊壓著舌頭，染翠全然動彈不得，只能張大了嘴任由黑兒失控地往前頂動。

口中的陽物勢如破竹地在幾次敲擊後擠開窄緊的咽喉處，強行肏開了細細的喉管，染翠一瞬間被刺激得瞪大淚濛濛的雙眼，握著莖身的手用力緊掐，眼淚控制不住地往下滑，悶哼著細弱的呻吟，小臉霎時有些狼狽。

與之相對的，黑兒卻爽得頭皮發麻，他只感受到自己的巨物被滑膩緊緻的喉管緊緊包裹，隨著青年控制不住的抽搐與乾嘔，彷彿在吸吮討好他一般。

他伸手輕柔地摸了摸青年被自己頂出了鼓包的頸子，隔著薄薄的皮肉握住自己的陽物。

「乖……我會快點，之後換我服侍你……好嗎……」

染翠被噎得無法說話，淚眼模糊中又有種詭異的愉悅，他的喉管被完全撐開了，都多少年沒嘗試過這種感覺了，他不熟練地吸吮了下嘴裡的肉屌，也不知道是不是被堵著了氣管，氣喘不勻腦子嗡嗡響，眼前的人都模糊了。

即便如此，他依然不畏困難地對黑兒挑釁般用眼神露出一絲淺笑。

這簡直就不要命了。

黑兒性子溫和，面對染翠的時候更是體貼溫順，可他畢竟是個在戰場上立下赫赫戰功，從一介平民百姓，摸爬滾打成了南疆軍參將的人，骨子裡其實有濃重的血性，只是平日不對染翠發作而已。

染翠很快因為自己的行為吃到了苦頭，男人輕輕拍了拍他的臉頰，捏在他鼓起喉管上的大掌猛的使勁，開始了毫無節制的衝刺。他進得極深，彷彿要戳進肺管中，粗密的毛髮帶著濃重的雄性氣息覆蓋在青年秀緻的面孔上，沉甸甸的飽滿陰囊在頸邊上滑動，幾乎剝奪了染翠最後一些喘息的空間。

他覺得自己幾乎要窒息了，偏偏男人半點退讓的意思都沒有，紮紮實實把將近一尺的巨物塞到了底部，大手隔著喉管揉捏，儼然將青年當成一個肉套子般使用。

「嗯……唔！」染翠猛地掙扎起來，他死死抓著黑兒緊繃的腹部，試圖把人推開，指甲在上頭留下幾道血痕，卻一點用處也無，男人甚至都沒費工夫阻止他的動作，只是又往前壓得更深幾分，彷彿想將人捅穿。

不一會兒，撓抓的動作遲鈍了，染翠雙眼微微翻白，嚥不下的唾沫從嘴角胡亂流出，渾身都控制不住地抽搐起來，黑兒才不慌不忙地把肉屌慢慢往外抽，因為喉管痙攣的緣故，滑膩的通道收縮很緊，彷彿在挽留男人的物什。

將巨屌完全抽出後，染翠咳了幾聲猛地喘了好幾口氣，可人還沒緩過來，黑兒又把物什往裡頭戳回去。就這樣來往了數十次，黑兒還一次肏得比一次更深更重，染翠直接被幹傻了，整個人愣愣地嘴都合不上，直到男人終於忍耐不住射出來，白濁的精水一部分順著喉管直接進了肚子裡，一部分則隨著男人抽出陽物時，從嘴角漫流開來……

臥房裡瀰漫著強烈的石楠花氣味，以及兩個或輕或重的喘息聲。

宣洩完之後，黑兒的理性也終於歸位，他看著在自己身下，半張臉都被自己弄得狼狽不堪的染翠，胸口一熱，也顧不得他嘴上滿是自己剛剛射出來的東西，低頭落下一個吻。

在薄唇貼上自己暫時還闔不上的嘴時，染翠愣了下，他明明全身都軟得像麵條似的，卻不知打哪裡來的力氣，伸手抱住了黑兒的頸子，把自己的唇貼上去，細細密密地吻在了一塊兒。

染翠與黑兒之間，似乎又恢復了原本的親暱。黑兒也不再似有若無地躲避染翠，如過去那般，軍營裡的職務結束後，轉身就上鯤鵬社幫忙。

可要說完全與之前相同，卻又有哪兒不大盡然。

與兩人最親近的方何、阿蒙及于恩華三人偶爾私下湊一堆嘮嗑，都一致認為他們比先前更親密了。可親密歸親密，染翠看樣子並沒放棄飛鴿交友，黑兒似乎也任由他繼續，還時不時幫著參詳，看得他們撓心抓肺，卻完全看不懂這算怎麼回事。

講來也簡單，那夜過後兩人相約賞鳥的機會大增，不再僅依靠五姑娘頂事，嘴巴也沒閒著。有時你幫我啜啜，有時我替你吮吮，可說是玩出了許多花樣，彼此的嘴也沒少親過。

但即便如此，黑兒還是希望染翠多見識見識別的男人，自己這棵歪脖子樹終究不是良配。

染翠這回倒沒怎麼抗拒了，似乎也因為看上了某個人，便是那天在鯤鵬社看見，住在盧滙縣的帳房先生。

用不著黑兒多提醒，染翠率先主動派探子去盧滙縣調查，也送了飛鴿交友的第一封信出去。

盧滙縣與馬面城畢竟隔了一個多月路程，真靠飛鴿傳書是不可能的，天知道鴿子會不會半途被人打下來吃了。

這般距離遠的鴿友，不經由飛鴿傳書，靠的是鯤鵬社旗下養的信使，藉著榮親王的門路，緊鄰驛站設立信點，一般都是開茶鋪子或小客店，端看驛站左近的環境如何。若是茶鋪子則鯤鵬社的信使可以靠特發的令牌，在驛站借住一晚，若是小客店就更簡單了，自有信物可以通信息。

每當這時候，染翠就不禁感慨，背靠大樹確實好乘涼啊！儘管他東家的身分早被闞成毅捋了，但也不得不承認，當個大掌櫃確實比較輕鬆，許多糟心事都有個兒高的人頂了，他只管在樹蔭下喝茶。

信使送信到盧滙縣分社，約莫要花上半個月時間，等染翠收到第一封回信的時候，已經過了一個月，時序進入三伏天。南疆氣候最不宜人的時節到來，驕陽如火暑氣蒸悶，走在街上的時候往來人影都在烈日下虛虛浮浮，宛如在水中被扭曲了似的。

染翠這人是富貴身子，怕冷也怕熱，每年到了這個時節他就閉門不出，甚至都懶得去爬黑兒的牆了。

但所幸去年此時黑兒見染翠熬得辛苦，在鯤鵬社後院繞了圈後感覺閒置的地方不少，畢竟這幾年常住鯤鵬社的人就染翠、阿蒙及廚娘三人，蕭延安有自個兒的住所，原本的夥計、護院因為黑兒總來幫忙的緣故，全被染翠派去海松樓了，儘管前些時日因為于恩華的事情，他決定再安排幾個夥計、護院回來，然而海松樓生意太好，著實分不出人手過來，若要靠借調，最近的分社是鵝城，人手也是不夠的，到頭來還是得從京城找人。

這眼下，借調人手的信都還沒送到京城呢！

別看馬面城分社外頭的店面不大，後頭腹地卻挺寬敞，且大半個後院都空著，也就招待會員用的小院有特別布置過，雖稱不上多奢靡精緻，亭臺樓閣倒也沒少，四周隨著季節栽種不同的花

卉，哪時候看都是花團錦簇的美景。

可除此之外的地方，就全是空的，僅錯落幾個住人的小院子。

於是黑兒拍板，替染翠找來工匠挖了一個蓮池，圍繞蓮池的是條竹編長廊，一頭連接待客用的小院，一頭連接染翠的居所，當中再用竹林、松柏等等造景區隔，階柳庭花令人看了就舒暢。

因此之故，今年池塘裡開了滿滿一池蓮花，碩大的蓮葉把池水鋪成一片碧綠，纖嬝蓮莖破水而出，粉色的花朵有些盛開如盆，有些含苞待放，在襲襲清風中，錯落有致地搖曳著。

這塊地方成了染翠這個三伏天最愛待的地方，竹編的走廊外圍繞從山上挖來的樹，綠茵如蓋。竹子本身就透著清涼，染翠穿著一身輕透的夏衣，半躺半靠在緊鄰蓮池的長廊上，撩起衣服下襬，脫了鞋襪把腳在蓮池裡浸一浸消暑氣，別說多滋潤了。

第九章　你要是也懂得寫這種信給我，趕明兒我就和你過一輩子

闞成毅曾經問過他，為什麼要如此拚命？
染翠答不上來，他只知道自己閒不下來，
彷彿哪裡都不是能讓他安心的地方。
鯤鵬社建立得越龐大、越四通八達，
他的心就越安穩，
因為大夏再也沒有他去不了的地方了……

黑兒遠遠就瞧見青年一身粉綠衣著，坐沒坐樣地癱在長廊邊上，兩隻腳都泡在水裡。白皙肌膚下可見淺淺蜿蜒的青色血管，毒辣的日頭照射下半點瑕疵也沒有，宛如玉雕的娃娃。

他心頭一蕩，但很快收回心神，面色如常地走上前，在染翠身側半個人遠的地方席地坐下。他不敢靠太近，蓋因他長年練武，體溫特別高，冬天時染翠喜歡膩著他取暖，夏日時但凡他靠近一些，就被嫌棄得不行。

「熱？」

「熱。」

染翠挑眉瞅了他眼，眼下才巳時就已經熱得人渾身冒汗，吹過來的風都是燙的，要不是沾染上蓮花的香氣，以及竹葉的清香，那真是連喘氣都煩人。

「我替你用薄荷油抹抹？」黑兒提議。

他自然清楚染翠的身子有多嬌貴，過去幾年夏日，這人熱得難受連飯都不愛吃，一個夏天能瘦掉幾斤肉，想什麼辦法都沒用。

就希望今年的蓮池能多少派上一些用場。

「適才阿蒙替我抹了，你聞聞，我簡直像隻薄荷燜雞。」染翠嫌棄地抬起手要黑兒自行湊上來聞。

深諳他脾性，黑兒靠近了些果然嗅到淡淡的薄荷味，也是帶點甜的。

「倒不至於像薄荷燜雞，誰吃你這麼瘦的雞？頂多能熬湯吧。」黑兒輕笑地調侃了聲。

染翠咋了下舌，不是很想裡會他。這種天候，連說話都熱，老天爺成心不給人留活路。

「反正總有人牙口好願意吃。」意有所指地瞄了眼黑兒褲襠。

男人黝黑的面皮頓時紅了，無奈地看著隨口就扳回一城的小狐狸。

「冰窖裡還有冰嗎？我替你弄點冰酪來？」

見人額上布滿細密的汗水，小臉艷紅嘴唇卻煞白，黑兒不禁心疼，拿出汗巾替染翠抹了汗，又拿起一旁的蒲扇為他搧風。

「不用忙，阿蒙帶著小百善去替我拿海松樓做的冰雪冷圓子，廚娘也打算做雪藕絲中午加菜，你陪我說說話吧。」有黑兒搧的涼風，染翠總算覺得人活過來了些許。

「你把今日要看的卷宗給我吧，我念給你聽？」

過去幾年也都是這樣，染翠被暑氣一蒸，整個人都提不起勁做事，可鯤鵬社這麼大的產業，每日都有卷宗消息往來，更別說又接近鯤鵬社出刊的時日了，染翠還真沒本錢撂挑子。

「喏，全在這兒了。」染翠隨意伸手往一旁揮了下，黑兒這才注意到被塞在角落，用幾顆靠枕擋住的卷宗圖冊。

他起身拿了最上面幾冊回來，一手替染翠搧涼，一手拿著卷宗用低沉和緩的聲音念裡頭的內容。他念得很仔細，速度也不快，一字一句非常清晰，染翠瞇著眼聽，遇見有問題的地方就用腳在黑兒膝蓋上踩一下，黑兒便會停下來用染翠那個圓型的印章蓋個藍汪汪的圈。

不知不覺幾本卷宗念完，阿蒙也帶著于恩華及冰雪冷圓子回來了。

兩人遠遠張望了下，見染翠和黑兒正在忙，便低頭商量了幾句，打算先將冷圓子放去冰窖再冰鎮一段時間，午後可以配涼茶吃。畢竟一路走回來，他們緊趕慢趕也不敵炎炎烈日，冷圓子都快成了溫圓子。

「阿蒙姑娘，百善。」兩人正說著話呢，蕭延安遠遠地走過來，淺笑著對兩人打了聲招呼。

因跟在染翠身邊，于恩華在鯤鵬社也混得熟了，與蕭延安相處久了，對自己表哥又死了心，反倒和蕭延安這位「表嫂」建立起親密的情誼，這時見到對方，少年笑出一口小白牙。

「嫂子。」

「噯，別這麼叫我。」蕭延安臉皮薄，每每被于恩華逗得手足無措。

少年頑皮地吐吐舌，心想表哥倒是挺愛聽我這麼叫的。

「你來找大掌櫃嗎？」阿蒙問。

「是，有盧滙縣寄來的信……」蕭延安語帶猶豫，另外兩人立即心領神會。

「不會是飛鴿交友的回信吧？」于恩華壓低了聲音問。他們離黑兒雖然有些距離，可那個男人耳力太好了，他可不敢賭。

「是。」蕭延安點點頭，將信筒在兩人面前展示了下。

信筒上明晃晃地鏤刻著鯤鵬社專屬的圖章，筒身及筒蓋交接處穿了一圈紅繩，扣結處以蠟封，一見即知是否被人拆開過。

這學的其實是朝廷傳遞政務軍務訊息的方法，不過稍作改良簡化，畢竟民間使用不比朝廷機密，也著實沒那麼多人力物力去講就。

「你們覺得，會是鯤鵬圖嗎？」于恩華忍不住又問。

他畢竟對鯤鵬社還陌生，原本以為飛鴿交友就是普通書信往來，後來聽說了鯤鵬圖，且八成會員頭一回交換書信就是換自己的鯤鵬圖時，訝異得都懷疑自己是不是年紀輕輕耳背了。

這年頭，男人們如此坦然不害臊了嗎？那他何苦吊在表哥這棵樹上？外頭的世界可是豐富多彩著呢！

蕭延安與阿蒙同時用一種「這孩子是不是傻？」的表情分別覷了于恩華一眼，少年訕訕地噘起嘴。

這還需要問嗎？都說第一封回信十有八九會是鯤鵬圖了，反倒是沒給鯤鵬圖才是稀奇事兒。

「這也難說，總之……黑參將在這兒，我想先將信交給阿蒙姑娘收著，等時間合適了再遞給大掌櫃？」

蕭延安做事很細緻，他不確定黑兒及染翠眼下究竟什麼章程，還是謹慎行事為佳。

「也行。」阿蒙接下信筒收進懷裡，順口邀約：「午飯一塊兒吃嗎？」

「不用不用……」蕭延安往黑兒瞥了眼，他平日倒是樂意與大掌櫃主僕三人一塊兒用飯的，可今日有黑兒在，他總覺得自己不該橫插一腳。

「東明兄昨日說想吃鯉魚膾，我打算中午和他去湊個熱鬧。」

幾人又嘮了幾句話，店裡不能沒人守，蕭延安很快離開。

阿蒙與于恩華正準備照原定計劃把已經完全成為熱圓子的冷圓子送去冰窖裡，就見染翠朝兩人招了招手。

好吧，只能繼續委屈冷圓子了。

「主子，黑參將。」阿蒙與于恩華一塊兒上前，蓮池邊確實涼爽，燥熱的風通過竹編長廊、竹林、水池後，也宜人了不少。

「蕭延安拿了什麼東西給妳？」染翠向阿蒙伸出手，他懶得多說話，力求精簡。

「主子眼力真好，是盧淮縣分社寄來的。」阿蒙遞出信筒的時候，不動聲色提醒了句。

「我正等著呢。」染翠頓時就來了精神，啪一聲扯開了封蠟，抽掉穿在上頭的紅繩，將信筒打開倒出裡頭的信件。

令人意外的是，裡頭不僅有一張鯤鵬圖，還附了一張文情並茂的書信。

染翠將空了的信筒隨意拋擲在一旁，攤開寫得滿滿當當的信迅速瀏覽過，隨即笑出聲來。

「這人倒挺會撩撥人的。」他評論道。

信紙用的是最普通的黃麻紙，但質地卻比一般紙要來得細膩。盧滙縣左近有個叫麻林的鎮子，出產的麻林紙在大夏也算獨一分的，鯤鵬社用的都是上好的麻林紙，手感與這封信極其相似。

字是好字，行雲流水且風骨錚錚，並不因身為帳房而呆板匠氣，與《鯤鵬誌》上的畫像倒是挺適配。內容尺度把持得極好，親暱卻不顯孟浪，也不給人意圖拉關係的油膩感，配著字跡看起來，特別真誠，令人心裡舒服。

說的都是些日常瑣事，問候夏日體調，囑咐多保重身體，先說自己喜好讀書飲茶偶會外出遊玩踏青，再詢問染翠興趣為何……諸如此類，也不囉嗦，卻很熨貼。

「你要是也懂得寫這種信給我，趕明兒我就和你過一輩子。」染翠覷了一旁仍默默替自己打扇的黑兒，逗趣道。

講這話根本該被天打雷劈吧！一旁的于恩華驚駭地瞪大眼，黑兒打了半天扇都沒停手，難道不比那些甜言蜜語強嗎？

阿蒙倒是見怪不怪，染大掌櫃什麼甜言蜜語沒見過？也沒看他不爬黑兒的牆。

「我不擅言詞，文采也不好。」黑兒語調平靜，他自然也跟著讀了一回信，染翠絲毫沒遮掩的意思，甚至還大方地展示給他同看。

確實，是封寫得讓人心生好感的信。

至於鯤鵬圖，染翠倒顯得興致缺缺，隨意瞄了眼便扔在一旁懶得看了。

「他叫什麼名字啊？」于恩華忍不住好奇問。

「丘天禾。」回答的不是染翠，而是阿蒙。

「主子，既然東西交給您了，我和百善還有事情要忙呢！你這冷圓子都成湯圓了，咱們先替

您放進冰窖裡冰鎮著吧？」

「行吧！你們去，也省得圍在這兒擋風。」染翠懶洋洋地擺擺手，他哪裡不知道阿蒙怕自己與黑兒又會起口舌之爭，想躲開省得被牽扯下水呢。

阿蒙對主子吐吐舌尖，帶著還沒回過味來的于恩華迅速跑開了。

「你不看看丘天禾的鯤鵬？」黑兒問。

「沒什麼興趣……」染翠往黑兒褲襠睞了眼，意思不言而喻。眼前就有極品金鵰，他著實看不上家養的信鴿。

「不過吧，人卻挺有意思。」

話落，染翠彈了彈那封隨鯤鵬而來的信，動手將之折成一隻鶴，往蓮池上一拋，「走你！」黑兒眼睜睜看著那隻紙鶴凌空飄了寸許距離，便搖搖晃晃跌落蓮池中，迅速沉進水底。

「你不喜歡？」他有些訝然，從染翠適才的舉動，本以為是對這封文情並茂的信頗上心，誰知道轉頭就扔了？

「說不上喜歡不喜歡。」染翠用指頭敲了敲走廊，漠然得不像頭一回收到鴿友回信。

「那……你要換個人？」染翠的小腦瓜子太難看透，黑兒就不勉強自己深想。就是心底隱隱冒出的喜悅，黑兒卻渾然未覺。

「也不是這麼回事……」染翠幾個動作下來，身子乏得不行，一身的汗水淋漓，煩得他小臉緊皺，「你今晚留下來吧！我有話同你說。」

總算，馬面城的三伏天夜裡還算涼爽，染翠往往到了戌時過後，會精神一段時間，鯤鵬社有什麼難辦的事情，全擺在那時候處理。

黑兒沒問為什麼，思索了片刻自己明日不當差，也就點頭同意了。

是夜，染翠沐浴過後，散著一頭濕髮，只穿了一身最單薄的中衣，臥房門窗全都打開著，讓夏夜涼風帶去身上的燥熱。

因為黑兒留宿之故，阿蒙及于恩華都沒陪夜，各自回去自己的耳房歇息。見染翠的頭髮還滴滴答答落著水珠，背心的衣料都濕了大片，黑兒按捺不住拿了大巾子替染翠絞乾頭髮。

他手勁輕巧，從頭頂一點一點往下絞，花了兩刻鐘才總算完事。

「多謝啦。」染翠回眸一笑，黑兒無奈地彈了他額頭一下。

「我也去洗漱一番，等我回來就聊聊？」

「行吧。」

黑兒動作俐落，不多久就一身清爽地沐浴回來。

染翠倚靠在美人榻上，一手執扇有一下沒一下地搖著，一手支著臉頰似乎在遙望被重重庭院造景阻隔的蓮池。

「等入了秋，我替你把蓮池挖大一些，延伸到你前院如何？」兩方距離其實不遠，地方也還夠，既然染翠喜歡，再挖兩池子也行。

「倒也不用……」染翠搔搔臉頰，對黑兒揚了揚手上的蒲扇。

心領神會地接過蒲扇，黑兒在美人榻一角落坐，再次替染翠打起扇來。

「你想說什麼？」

「嗯？」染翠舒服得昏昏欲睡，一雙腳早橫上了黑兒的腿。夜風吹得他有些微涼，恰好借黑兒的體溫暖暖。

「是與飛鴿交友有關？」黑兒習慣了他貓一樣的習性，索性從自己開始引話頭。

「也不完全是。」小小哈欠了聲，染翠歪著腦袋瞅黑兒，「你覺得，丘天禾這人怎麼樣？」

下午，恰好探子也將查到的消息傳回來了。

染翠那時候正準備睡午覺，實在懶得看便都扔給黑兒了。

他知道黑兒這人實誠，面對交辦下來的任務全是不打折扣的踏實完成。否則，怎麼會在他們才剛見面時，就惹得染翠極不待見他？畢竟陪著關山盡拆屋子的人，有黑兒一分呢！他還是拆得最認真的。

果然，待他睡醒，黑兒已經反覆將探子的情報看了兩三遍，卻沒多說什麼只問他要不要念。染翠剛睡醒人還犯懶，擺擺手說想吃冰雪冷圓子，就把這件事給略過了。

總算到了夜裡，他想起來自己該好好辦點正事，這才問黑兒。

「怎麼樣……」黑兒沉吟，他仔細回想先前看到的評價，半晌後回答：「慣會做人吧。」

探子的回信其實與《鯤鵬誌》上所寫差不離，只是更詳細了些。

比如，丘天禾乃盧滙縣令夫人表姨的孫子，原本住在廊林鎮近郊的小村落裡，該村落以種植苧麻為生，是個頗為富裕的地方。

不過丘天禾幼年生活坎坷，福薄命淺，父親在他懂事不久就因病過世，母親是地方上有名的美人，所以很快便再嫁，第二年生了弟弟後，丘天禾成了家裡多餘的那個人。

雖說後爹不是苛薄人，也沒冷待了丘天禾，甚至出錢給他上了兩年學堂，後來因為弟弟也要進學了，他才不得不回家幫忙種地。

這一種，種到兩個弟弟、三個妹妹都成家立業，他也年過二十，年齡在當地已經大到找不到適配的女子後，他決定到縣城討生活。

家裡自然沒有人攔著，左右也不缺人丁了，少一張吃飯的嘴反倒是好事。

臨出發前他去同自己的奶奶拜別，祖孫兩人雖說平日裡相處時日不多，感情卻挺好，怕孫子在縣城過得不好，奶奶便想起自己有個表姪女嫁給了縣令，保不定能幫著拉扯一把。

於是順理成章，丘天禾人長得好看，脾氣也好，雖沒讀多少書，可識字算帳卻是懂的，也恰好縣令府上有個帳房先生告老還鄉，他就補上了。

也是在此時，他察覺自己喜歡的應當是男子，可小地方出身的他對南風不瞭解，也怕自己是不是有病，自然諱莫如深，只當作與常人無異。可時日久了，他在縣令府拿的月錢不少，生活安穩後，漸漸就感覺寂寞。

他腦子比較不轉彎，總覺得該生孩子才對得起列祖列宗，他爹就他一個兒子，總不能讓丘家斷在他手上吧？所以後來，他還真的娶了妻子，是縣令府上的家生子，白白淨淨的小姑娘，性格婉約安靜，第二年就抱了個胖大小子，第三年還得了個姑娘。

去年中旬，他妻子不知怎麼滑落府中的鯉魚池中，被發現的時候只剩下一口氣了，儘管匆忙找來大夫，依然沒能挺過去，熬了五六日就走了。

也不知是不是有兒有女萬事足，加上多年擰著自己的天性與女人過日子，所以想通了什麼，守喪八個月後出服，就立刻上鯤鵬社意圖成為會員。

當然，這點事情在他加入鯤鵬社之前，探子早都查了個底朝天，也如實呈報給染翠及盧淮縣分社掌櫃。

當時候染翠心有疑慮，讓探子多查了一段時間，這才延遲了他加入鯤鵬社的時間。不過讓染

翠說，他本是要拒絕丘天禾的，反倒是盧滙縣的掌櫃作主拍板，事後才寫信告知染翠。

仔細想來，此事是透著點不對勁，莫怪頭一眼見到丘天禾時染翠覺得眼熟，畢竟他惦念過一段時日，還為了此人寫信指責了盧滙縣李掌櫃一頓。

說起來丘天禾人品也不算差，鄉里鄉親間的風評也向來頗高，與妻子儘管不到蜜裡調油，卻也相敬如賓，兩個孩子都很是乖巧。縣令頗看重他，有意將他往管家提拔，這多少也是託了他去世夫人的好處。

「我總覺得哪兒不對勁……」染翠點了點床榻，沉吟：「鯤鵬社也不是沒有會員曾經結婚生子過，大夏雖不禁南風，卻也不是誰都能坦然面對自己的天性的。夫人過世後卸下肩頭擔子的會員也不少，可從來沒人會讓我連查幾回都不安心的。」

要知道，鯤鵬社的探子可不是染翠自己養的，全是闞成毅手下養出來的人。琉璃閣能從風月之地，轉變為九州大地上消息最靈通的，買賣朝堂上、江湖上情報最準確的地方，闞成毅絕對功不可沒。

他也是為了自家愛侶籌謀許多，連帶惠及鯤鵬社及染翠。

要是連染翠手裡的探子都查不出丘天禾的錯處，只有兩個可能。

一是染翠多想了，他見識的人事物太多，也不是沒有糊塗弄錯人而冤枉好人的可能。

二是丘天禾這人確實藏得深，連鯤鵬社的探子都被蒙騙了。

不過，第二個可能委實太小了些。

要知道，五年前鎮南大將軍關山盡私下受皇命所託，調查朝中第一重臣顏文心貪瀆、通敵一案，那時候還曾與染翠借過幾個探子用，什麼陰私都挖出來了。

沒道理一個地方縣令府上的帳房先生，能藏得比朝中要員還深吧？

可要說染翠糊塗冤枉了好人，他自己是不服氣的。

「你不是為了飛鴿交友嗎？」黑兒無奈詢問。

「我交啦。」染翠指指攤在桌上的那張鯤鵬圖，翻了個身，省得一邊躺久了悶得慌，「你看，丘天禾還給了我一張鯤鵬圖呢。我適才看過啦，還算能騙騙沒見過世面的人，和你的金鵰比就不大上檯面了。」

可見染翠確實心情不好，硬是變著法子損丘天禾幾句。

「既然查不出錯處來，他應當是真的沒什麼問題。他興許就是不對你的眼，別看就是了。」黑兒說的在理，染翠心下鬱悶也只能接受，畢竟來來回回也查了三次了。

「不過我今晚留你下來倒不是為了這件事情。」一面吹涼了，染翠又翻了一個身。

「那是為什麼事？」黑兒不無訝異。

「我有個朋友，就住在盧滙縣，前幾日收到他寄來的信，說下個月要結契啦，希望我能去給他添添福氣。」

「那也不錯，你何時要出發？」難得聽見染翠提到吳先生之外的朋友，黑兒心裡有些好奇，卻沒多問。

「不是『我』何時出發，是『咱們』何時出發。」這咱們可就包含了黑兒。

「咱們？」他以為自己聽錯了，要知道身為邊防駐軍，黑兒就是平日裡再悠閒，也不能隨意離開駐地的。除非上峰，也就是關山盡及滿月有任務交派，否則擅離駐地者，輕則打一百軍棍，重則小命就不保了。

染翠不會不知道這件事，當年關山盡能隨意往返清城縣、鵝城與馬面城，其實是鑽了自己身分的空子，畢竟整個南疆乃至京城，都無人敢攖其鋒，只要不出大事，就睜隻眼閉隻眼得了。

黑兒不過是小小三品參將，可沒底氣像大將軍那般瀟灑。

「放心，我同滿月打過招呼了，只要你願意陪我去，他那兒自然能行你方便。」染翠說得一派輕鬆，黑兒聽得腦子都大了。

「怎麼……如此突然？」

倒不是黑兒不樂意，天氣這般炎熱，讓染翠在路上奔波一個月，他定然掛懷。要他說，染翠大可禮到人不到，待重九過後氣候變涼了，再去訪友也無不可。

可再細想，結契畢竟是人生大事，染翠這人又長情，既然是朋友他就非到不可，路途奔波也不是全然不能忍。

「我也覺得突然……所以才非去不可。」染翠沉吟道，接著話鋒一轉：「你要是不去，我下個月的《鯤鵬誌》可要開天窗了！沒有你，誰幫我的忙？阿蒙還需要奶孩子呢。」奶的自然是于恩華這個小破孩子。

「你這話說的……」黑兒伸手彈了一把染翠的眉心，並沒如何用力，連點痕跡也沒留，染翠連裝模作樣喊痛都懶。

「如何？陪不陪我呀？我合計著，能順道與丘天禾見上一面，順便去盧滙縣分社玩玩。」染翠扯著黑兒袖口搖了搖，語氣又甜又糯，別人是否抗拒得了黑兒不清楚，反正他不成。

「去吧，既然滿月都允了。」他也沒啥好掙扎的，馬面城也確實沒什麼需要他費心的事情，方何盡可以替他的班。

「那行！」染翠滿意了，輕輕一扣掌心，「這樣吧，三天後出發，路上也用不著特別趕路，順利的話還能提早兩三天到達盧滙縣，我派人送信去通知一聲。」

三天時間夠他把事情交代仔細，沿途自然住鯤鵬社信點，這樣也方便探子及信使將東西送到

他手上，到時候整理好《鯤鵬誌》的內容，也好送去印製。

一切都安排好了，黑兒與滿月商量過，為了減少麻煩，索性將黑兒掛在染翠名下，作為僕役同行即可。左右他幹的事情其實也相差不遠，都是替染翠打雜的。

聽了滿月的評價，黑兒只能回以苦笑。

倒是，他想起染翠對丘天禾的掛懷，忍不住詢問了滿月的意見。靠腦子的事情，滿月比十個黑兒捆一束都要來得強。

聽他說完，滿月揉了揉圓潤的下巴沉吟片刻：「你的意思是，要借人幫你查丘天禾嗎？」

開誠布公來說：「對。能行嗎？」

滿月被他的坦然逗笑了，忍不住調侃：「好啊你，先是拿著朝廷的月俸打鯤鵬社的雜，這會兒還腆著臉借我的人，去查你心上人的事情，要替他排憂解難？黑兒啊黑兒，就是養孩子也沒你這樣盡心盡力的。」

說好聽是體貼，講難聽那就是倒貼了。

黑兒也知道自己有些得寸進尺，可事關染翠，他放不下心。

「也沒什麼不可以，就當你欠我一個人情，將來別忘了還啊？」滿月倒沒多加推託，很爽快應承下來。

「自然，多謝你了。」黑兒拱手相謝，心裡也稍稍踏實了些許。

遠行對染翠來說並不陌生，有幾年他忙著四處拓展鯤鵬社的據點，幾乎天天在官道上跑。大

夏每年冬日或遇上天災欠收的時候，朝廷都會讓百姓以工代賑，主要就是修路。

也因此，大夏在歷朝中交通特別四通八達，官道數量多且密集，也都維持得非常平坦完整，即便是像西北最遠的隴城都有平整官道通達。

阿蒙自然也熟手，用不了三天就將一個月旅途用得上的物什都拾掇好，與車伕定好路線，準備了兩輛馬車，還不忘帶些馬面城的特產給主子當訪友的禮物。

因準備萬全，沿途上儘管天氣熱得令染翠難熬，可日日都會恰好到達客棧或驛站，未曾有一日在野外露宿，總算能洗去一身塵土疲憊，睡個好覺以應付第二天的旅程。

就是黑兒都沒經歷過如此平順的旅程，聽阿蒙說起才知道，早年鯤鵬社剛創立，在遇上鬫成毅後終於站穩腳跟。染翠是個閒不下來的，他目光遠大，不甘願蝸居在京城一隅，而想讓鯤鵬羽翼覆蓋九州。

於是，當京城總社有了百來號會員後，他找上鬫成毅，提出要拓展分社的想法。榮親王那時候才和染翠的義父心意相通，正好得蜜裡調油呢，自然對染翠愛屋及烏。

不過，拓展分社並非靠動心起念就能實踐，首先總社該交由誰掌管日常事務？總不能連個話事人都沒有吧？

思索過後鬫成毅提出條件，只要染翠能在三個月內培養出足以取代他坐鎮京城總社的人，他手上的錢財就任由染翠使用，他想在大夏拓展多少處分社都行。

這個條件老賊了，卻也十足誘人。像鯤鵬社這樣的祕密交友結社，只靠一個據點吃老本是不夠的，且時日久了就會因會員流失而萎縮，總有一天會煙消雲散。唯有做大，真正遍布九州，才能長久地經營下去。

鬫成毅肯定也門清，興許早先他便已決意將鯤鵬社吞下肚吧。畢竟，目光放長遠來說，這隻鯤鵬不只飛得高、飛得遠，還會下金蛋呢。

染翠也是個不服輸的，既然闞成毅開了條件，他為了自己的目標，咬著牙都會做到。也確實，他建立鯤鵬社一年時間並未白費，有了自己的人脈，挑出了幾個品行好又有膽識的人，用了三個月的時間一口氣調教了十個人，並讓每個人都通過了闞成毅的考校。

最後一步，闞成毅瞞著染翠的義父找上他，提出欲買下鯤鵬社的意思。他能給的不只金錢，還有榮親王手上明處暗處的人力物力，鯤鵬社依然由染翠全權掌管，但其餘明爭暗鬥的瑣碎事情，就不需要他太費心了。那是東家的責任。

這個交易對染翠只有好處，而且好處大到嚇人，他一時間都嚇傻了，以為闞成毅對自己有不軌心意，打算背著義父來個「一箭雙鵰」。

闞成毅自然看透他的想法，被逗樂似地朗聲大笑讓他別多想，他不過是看好鯤鵬社將來的前景，也為了討好自己的愛人，如此而已。

好吧！既然有人願意花錢給自己成就心願，染翠就卻之不恭了。

難得都一口氣培養了十個人，染翠決心在最短的時間裡開十處分社，一個蘿蔔一個坑全塞滿。他幾乎是日夜無休地投入鯤鵬社的發展中，去幾個排得上名號的繁華大縣城、府城考察過後，選定了幾處開始建立分社。

接下來數年時間，染翠何止拓建了十處分社，待他回過神來的時候，大夏一半的地方都被他走遍了，他精心呵護的鯤鵬也覆蓋了半個大夏。

那些日子他幾乎沒在哪個地方停留超過十日。

有時候為了趕時間，甚至騎著馬沒日沒夜的疾行，雙腿間都磨破好幾回，他也依然咬著牙忍耐痛苦，就為了讓鯤鵬飛得更遠，宛如魔怔了似的。

如今回想，也真虧那時候他撐得下來啊！

闞成毅曾經問過他，為什麼要如此拚命？

染翠答不上來，他只知道自己閒不下來，彷彿哪裡都不是能讓他安心的地方。鯤鵬社建立得越龐大、越四通八達，他的心就越安穩，因為大夏再也沒有他去不了的地方了……

因此之故，五年前他開始長住馬面城，儘管一年裡七成時間依然滿大夏跑，可終究有了個停駐的地方。

更別說三年前開始，染翠居然安居在馬面城，幾乎哪兒都不去了，闞成毅才會大為奇怪，特別遣人探查了一番，就怕染翠是不是遭遇不測，被誰給抓住囚禁了。

黑兒不知道這一段，先前對闞成毅的態度很是不理解，及至今日才從阿蒙嘴裡知道原由。他心裡說不上是什麼滋味，酸酸澀澀的，只能對染翠更加悉心照料，生怕他過得不快活。

第十章　最要緊的事，你怎麼就沒問呢？

「你才三歲，就被賣進小倌館了？」
黑兒還是初次聽聞這事兒，
胸口彷彿被人用鐵槌狠狠砸了幾十下，
他越想越心疼，真恨不得自己當年就在那間屋子裡，
可以伸手抱一抱哭得淒慘的小娃娃，
帶他離開那個吃人的地方。

一個月的路程眨眼即過，幾人已進了盧滙縣地界，再兩三日路程便可到達盧滙縣的縣城。阿蒙在染翠的示意下讓人送信給分社李掌櫃，請他先遣人將染翠的院落收拾好。

「我這個友人，是小時候認識的。」

搖搖晃晃的車廂很寬敞，地上鋪了柔軟的墊子，用的是透氣的上好夏布，久坐也不會悶熱，兩邊車窗的簾子都拉開，只隔了一層紗帳，涼風習習，甚是宜人。

大約是旅程即將結束，染翠開心自己的苦日子快到頭了，這才有了閒情逸致與黑兒閒聊。

「小時候認識？你的髮小嗎？」

黑兒不免訝異，他認識染翠多年，從沒聽說過他竟有個髮小。

「不能這麼算……」染翠擺擺手，思索了下才繼續說：「他長了我十多歲，年紀比你都大，應該已過不惑之年了。我和他許久未見，已經不大記得他的生辰在何時了。」

聽聞這等消息，黑兒不由皺起眉，「你怎麼會與這樣的人交上朋友？董先生知道嗎？」

染翠好笑地覷他眼，「我多大的人了，交個朋友還得先徵得義父首肯嗎？再說了，我認識韓子清的時候，義父還沒收養我呢。」

竟然這麼早？黑兒心裡悶悶的說不出的彆扭，他自以為對染翠知根知柢，可想來是他自信了，也不知道小狐狸還瞞了多少事情沒說給自己知曉。

「我同你交底就是了，別用這種苦大仇深的眼神瞅著我嘛！怎麼啦？黑參將還不許草民有自己的小心事嗎？」似乎不嘴上逗弄黑兒幾句，染翠就渾身不舒坦，手上也沒客氣，在男人大腿上拍了兩把。

這習慣究竟什麼時候養成的？黑兒想不透，無奈地扣住染翠作亂的手，照往例按在腰腹上省得這雙爪子又胡來。

「哎呀，熱。」

染翠抖抖手臂，抱怨了聲，黑兒又連忙鬆開他的手。

「你爪子收好別亂碰。」末了，也只能這樣不痛不癢地告誡一番。

染翠究竟聽沒聽進心裡，那真是天知道，這會兒正蹬鼻子上眼，驕矜地使喚黑兒替自己倒茶準備瓜子，大有要好好侃一侃過去的架式。

車內暗格之一，存放著一壺冰鎮得極透，能凍得人牙疼、腦仁疼的酸梅湯，另有幾格則是染翠喜歡的點心。

黑兒逐一取出擺設好，又不放心地交代：「酸梅湯你放一放再喝，太涼了喝下去等會兒又得鬧肚子。」

興許是夏日寒涼的東西吃多了，染翠的腸胃有些受不住，這個月來鬧了兩三次肚子，每每都像死過一回般，可消停不了幾日，依然該怎麼吃怎麼吃，半點不克制。

黑兒也委實拿染翠無法，只得多費點唇舌經常提醒。

「曉得了。」應是這麼應聲，手卻全然不是那麼回事，朝酸梅湯伸出的手讓黑兒品出了那麼點迫不及待。

車子裡搖晃，用碗盛著會灑出來，於是用上琉璃杯裝了八分滿，深紅透亮得猶如水晶般好看，光瞧著就足夠令人暑氣全消。

總算染翠沒一口悶了酸梅湯，大抵也是怕肚子真鬧將起來遭罪，眼看都快到盧滙縣分社了，總得端好大掌櫃的架子，不能在屬下面前露了怯。

他小心含了一口酸梅湯進嘴裡，酸甜冰涼中帶點鹹，酸梅的味道極正，都是阿蒙去年自個兒醃的，配合著染翠的口味特意調成鹹酸味兒。這會兒冰鎮得透徹，光含在嘴裡，就從腦門直到腳底板都涼透了，說不出的爽快。

「你也喝一口？」染翠從來不是吃獨食的人，尤其對黑兒那真是頂頂大方，把手上的琉璃杯直接遞過去。

黑兒沒推拒但也沒接下，就著琉璃杯啜了一口。

「喜歡嗎？」這也並非染翠頭一次這麼問，問完後自己笑了出來。

「稱不上喜不喜歡，就是有點偏鹹。」黑兒的回答與先前別無二致，幾年前他頭一回喝到染翠的酸梅湯時，也是相同的回應。

「我教給阿蒙的醃酸梅手法，就是同子清兒學的。」

染翠縮回手，又含了一小口。

「我遇見韓子清的時候，才三歲。那時候他是小倌館裡最受追捧的清倌兒，十六歲的年紀風華正茂。」

短短一句話，透露的消息委實太多，黑兒都聽愣了，卻一時什麼都問不出口。

染翠也不急著往後說，悠悠哉哉掂了塊芡實糕進嘴裡，粉糯帶著蜂蜜甜香的滋味在嘴裡擴散開來，這是進盧滙縣後特地買的當地點心。有棗泥、豆沙，還有松子跟核桃味兒的，染翠全買了個遍，一半自己留著吃，一半分給阿蒙及于恩華。

吃完了糕，染翠估摸著黑兒應當緩過勁了，便接著說：「那時候我拖著兩管鼻涕，哭得像隻小花貓一樣，完全不明白怎麼一睡醒就到了陌生的地方。身邊坐了幾個大孩子，我是最小的那個，可誰也沒笑我哭得慘，但也沒人安慰我就是了。畢竟那時候，大夥兒都自顧不暇。」話落，染翠還輕笑了聲。

曾經的事情，旁人聽了慘，他卻似乎從中品出了點興味，眉眼都是飛揚的，半點看不出難過

的樣子。

「你才三歲，就被賣進小倌館了？」黑兒還是初次聽聞這事兒，胸口彷彿被人用鐵槌狠狠砸了幾十下，痛得他呼吸都粗重了幾分。

從染翠現在的樣貌可以猜測得到，當年他肯定也是個白嫩嫩的小粉團子，定然是親近的人賣了他，怎麼能這般狠心？難道沒想過像染翠這等相貌的孩子，在小倌館裡會遭受什麼折磨嗎？

他越想越心疼，真恨不得自己當年就在那間屋子裡，可以伸手抱一抱哭得悽慘的小娃娃，帶他離開那個吃人的地方。

為什麼染翠說起這些過往還笑得出來？他腦子一熱，伸手就把人撈進懷裡，寬大的手掌在纖細的背心上慎重且無比輕柔地拍了拍。

「都多少年前的事情了……」染翠瞇著眼縮在他懷中，安安心心地賴在他懷裡。

「你也用不著為我心疼，我那時候年紀太小了，壓根搞不清楚發生何事，小倌館做的雖是皮肉生意，卻也不至於到吃人不吐骨頭的地步。我那麼小，能做什麼？連雜役都頂不了事，所以被派去暖床了。」

暖床？黑兒腦子空白了一瞬，眥目欲裂，渾身肌肉暴起，恨不得回到過去將買下染翠的小倌館給拆了，順帶把鴇母撕碎。

察覺他的怒氣，染翠連忙伸手在他胸口上拍了拍，「你想哪兒去了？我那真是暖床，冬天裡被窩都是涼的，我就是去替頭牌公子將被窩睡暖罷了。」

如此解釋，總算把黑兒從暴怒邊緣拉回來，他粗喘了幾聲，又緊了緊手臂。

「把我討去的就是韓子清，以前我都喊他哥哥。」說到韓子清時，染翠輕輕嘆了一口氣，語氣很是懷念：「子清兒對我很好，他自己也是五六歲被賣進來的，咬牙學技藝，琴棋書畫樣樣精

通，最擅長的則是跳舞，用翩若驚鴻、矯若遊龍來形容都不為過。這也是他到十六歲還是清倌人的底氣。」

他跟在韓子清身邊幾年時間，一路從暖床的、餵蚊子的、打扇的小僕役，漸漸成為韓子清的貼身小廝。因著韓子清姿容絕艷又才華橫溢，雖然年紀漸長，失去頭牌的地位，卻依然很受客人追捧。

鴇母也不幹殺雞取卵的事情，都這個年紀了，韓子清維持清倌的身分，比陪人睡覺更能來錢，那又何必非要逼人賣身呢？兔子逼急了都會咬人，萬一得不償失就糟糕了。

可韓子清畢竟年紀大了，他保得住自己，卻已無力護住越長越大，小臉蛋長開不少後展現出雪膚花貌的染翠。

要知道，染翠的賣身契可是捏在鴇母手上，生死都被拿捏住的。

染翠還記得那天是秋日，韓子清窗外種了一棵銀杏樹，這個時節滿樹金黃，風吹過時沙沙作響，總會帶走幾片葉子，彷彿連風都被染得金燦燦的。

他和另一個小廝坐在窗下替韓子清準備夜裡要穿的衣衫，兩個孩子小聲說著話，嘰嘰喳喳的討論要怎麼摘白果來吃。

「翠兒。」

那時候染翠不叫染翠，就叫小翠或翠兒，因為他適合翠綠的衣衫，當初賣進小倌館的時候，就是一身翠綠，粉白可愛的模樣，又哭得那般悽慘，這才令韓子清心軟，把人討了來。

「主子。」染翠連忙跑過去，先替韓子清倒了杯茶，又擰了帕子給他淨臉，這才站在一旁問：「主子叫翠兒什麼事？」

韓子清斜倚在美人榻上，身上披了件烟紅紗衣，有種從骨子裡透出來的慵懶與風情。

他拿起杯子喝了兩口茶，纖秀的手指轉了轉杯子，「鴇母前些日子來向我討了你去。」

一切盡在不言中。

染翠在這等大染缸裡成長，又不是傻子，甚至還異常聰敏，自然不需要韓子清多說什麼，也就全意會過來了。

這是說，鴇母要開始訓練他當個小倌兒了。

而，韓子清再也保不住他了。

抱著染翠的手臂猛然收緊，彷彿要將他揉碎按進血骨裡。

「輕點兒、輕點兒，你要捏死我啊！」染翠連忙討饒，他沒想到黑兒會氣成這樣，可心裡又帶著一絲沒察覺到的甜。

「他就這樣讓鴇母帶你走？」

黑兒牙關咬得嘎嘎響，腦子被怒火衝得幾乎失去理智，要不是懷裡的人及那熟悉帶著甜的沉香氣味，他指定得發一場瘋緩緩。

「子清兄又能如何？他那時候年紀不小了，都說色衰而愛弛，他只是個賣藝的清倌，保住自己已經耗費盡力氣，能提早知會我一聲，是他唯一能做的了……他對我，是真的好。」

染翠看得透徹，他打小在風月之所成長，後來被義父收養，也沒從這大染缸裡離開，什麼好事壞事沒見過呢？

就是義父的琉璃閣中，不也上演著相同事情嗎？總有人身不由己，總有人深陷泥沼，不推旁人一把已是很有良心的了。

需知道，幫忙是情分，不幫是本分，韓子清已經護了他好多年了，給他吃好的穿好的，當孩子一般拉扯大，這樣的恩情牢記於心。

「那他後來……」黑兒也不是不明白，但心口就是燒得難過。他知道自己偏心染翠，沒法子不氣恨韓子清及小倌館的鴇母。可也清楚染翠說得沒錯，那幾年安穩日子是韓子清給的，染翠其實欠了他。

似乎不願意多說離開韓子清後發生了什麼事情，染翠敲敲黑兒的胸膛，「你熱死了，快把酸梅湯端給我喝。」

男人一身厚實強壯的腱子肉鐵塔似的，滾燙的體溫源源不絕灼燒在染翠的肌膚上，整個人都快燒化了。

「對不住，我忘了……」黑兒自責地道歉，連忙鬆開手拿過琉璃杯塞進染翠手中。

所幸酸梅湯還是冰涼涼的，染翠連忙灌了幾口，這才舒坦了。

「早知道你會發瘋，我就不說了。」也直到這時候，他才有機會對黑兒發作幾句。

「早說晚說都得說，你不還要我陪著去拜訪韓子清嗎？」黑兒心裡也不得勁，暗忖遲早得問出小倌館在何處，若還開張著，必須得去拆他們幾間屋子撒撒氣才行。

「我知道你想替我拆了小倌館是吧？甭了，幾年前義父就把那間小倌館買下來，鴇母老早壽終正寢了，都多少年前的事情，這會兒改成樂館收入頗豐，你可別去添亂子。」染翠沒好氣地白了他兩眼。

黑兒這拆屋子的癖好肯定是從關山盡那兒學的，真是！除了拆房子，就不能做點利於營生的事情嗎？

見黑兒臉上流露出不甘心，染翠心裡熨貼又好笑。

「得了，我真想報仇還需要等到今日？你沒忘記我背後的大樹是榮親王吧？你也該明白，我可不是什麼任人欺凌還不回敬一二的小可憐，我記仇著呢。看看關山盡，他也沒能從我手上討得

多少好處，就一個名不見經傳的小倌館，還不夠我玩兩回合。」

這話說得在理，黑兒啞然地發現自己無從反駁。

是啊，染翠身上的仇壓根不需要等他幫忙報，他有的是辦法把仇人把玩在掌心裡逗樂。

想想兩個月前的事情，當時在他腰上攮了一刀的于恩華，這會兒似乎都忘記自己曾經是家裡捧在掌心寵了十幾年的小少爺，早成了對染翠忠心耿耿的小廝了。

而據滿月所說，王白山也確實打算再過半年就與曾玉章結契，現如今兩人已經先住在了一塊兒，熱熱鬧鬧地搞起絲綢生意。

至於這般琴瑟和鳴的日子能維持多久，滿月倒是笑得別有深意。

「慢著……」黑兒猛然轉過彎來，狐疑地看向染翠，「不對呀，既然你離開了韓子清，他怎麼又會邀約你去他的結契禮？」

「這也是緣分啊！幾年前我來盧滙縣開分社的時候，就這麼巧和他遇上。他剛把自己從小倌館贖出，正想換個地兒過安生日子，聽說盧滙縣景色宜人，又文風興盛，他沒來過南方，索性搬來盧滙縣了。」

其實第一眼，韓子清沒認出染翠，是染翠主動認的他。

一別經年恍如隔世，韓子清看著染翠久久說不出話來。

「那時我在盧滙縣只能住客棧，鯤鵬社才建立沒兩年，可沒有現在的興旺，我手上的錢大半都是同榮親王取的。韓子清便約我回去他家借住，左右他一個人住也寬敞，咱們還能敘敘舊。」

一來二去的，染翠與韓子清又找回了舊時的情誼，信件往來從未斷過，但凡染翠途經盧滙縣，只要時間允許便會去拜訪韓子清。

只不過這些事他沒同黑兒提起過，主要也是不知道該怎麼說。

「我合計著，到了縣城後先去分社卸下行李，接著去拜訪子清兄。他是肯定會留我們過一宿的，我也想替他參詳參詳結契的對象究竟合不合適。」

「合適怎麼著？不合適又能怎麼著？」黑兒問，人家都要結契了，就五天後的事情，難道不合適還能攪黃了嗎？

「不合適我隨禮就少一些，合適就多一些。」

染翠用手指戳了兩把黑兒，這傢伙究竟怎麼看的自己？這都火燒屁股了，攪黃除了讓韓子清難做人又丟面子外，有什麼好處？他大可以等結契之後再動黑手。

黑兒摸摸鼻子，不再多說話。

染翠又開始扳著指頭安排他到盧滙縣後要做的每件事，全都整得明明白白，莫怪他義父會說他的屬相是車轂轆。

「對啦，我與丘天禾約了下個月初五去踏青。」

染翠猛然對黑兒笑出一口小白牙，明豔中帶著可愛，可黑兒心裡卻咯噔一下。

「你託滿月查的事情，若能在那之前到你手上，可就幫了大忙啦。」

黑兒張口結舌，怎麼也想不明白染翠怎麼猜著的。

輕巧、急促的腳步聲，隨著木屐敲在青石板上的聲音，迴盪開來。

這是座繁華的大城，今兒是一年一度的地方特有節慶，所以路上行人熙熙攘攘，街邊攤販星羅棋布，都點著好幾個蓮花造型的燈籠，整條長街彷彿流水，一簇一簇絕美的蓮荷在其上盛開，

除了美不勝收外，著實找不到更好的形容了。

如此美景，腳步聲的主人——年約十三、四的少年——提著層疊的紗衣下襬，耳中除了自己怦怦怦的心跳外，就只聽得見噠噠噠的腳步聲。

他跑得很急，所以也並未留意到，明明與自己錯身而過的人沒有幾十也有十幾，路邊小販看似正自叫賣，客人三三兩兩的聚集，人人臉上都是愉快的笑容，卻沒有任何人發出一點聲音。

整座城，除了少年的心跳與腳步聲，悄然無聲。

可少年渾然不覺，彷彿眼前一切沒有任何古怪，他現在很心急，在位於翊州的縣城，有個類似七夕的節日，在每年春末夏初舉行，整整七天七夜的熱鬧後，第七天夜裡會在城市西郊的廣場上，舉行盛大的煙花會。

每年都會施放一千三百束煙花，夜空傾刻間開滿火樹銀花，絢麗多彩的各色花卉在夜空中盛開幾息後一點點消散，只留下一抹微微發光的影子。

在看客還來不及落寞時，又是幾朵奼紫嫣紅的花兒綻放開來，此起彼落錯落紛呈，看得人目不暇給，只顧著睜大雙眼欣賞空中花園的璀璨多姿。

對一般人而言，煙花會是節日最重要的慶儀，然而當地還有另一個傳說，外地人多半不清楚，可包含鄰近幾處村鎮的居民可從小就對這個節日充滿嚮往。

蓋因照當地說法，心許的兩人若一同欣賞了煙花會，便能攜手白頭、永不分離。

少年正努力往煙花會的方向趕去，他不記得自己為什麼這麼著急忙慌，他向來是個做事穩妥的人，尤其又是如此重要的日子，他好不容易與自己心悅的人約好了，兩人一同看煙花會，等他年紀夠大了，就去衙門拿婚契，兩人不需要大辦，就宴請幾位親朋好友即可，過了官府文書後成為契兄弟，一輩子都不分離。

如此美好的遠景，少年光想像就忍不住笑出來。

可他不明白，自己怎麼就遲了呢？

眼看再一刻鐘煙花會就要開始了，他要是沒能即時趕到就得等明年，可這麼一來彩頭未免太糟糕了，他才不願意如此！

必須得趕上！再快一些！再跑得更快一些！

少年顧不得滿頭大汗，隨手抹去後腳步不敢有絲毫停頓，一雙狐狸般靈動的雙眸緊緊盯著西郊那片天空，生怕看到第一簇煙花綻放開來。

他跑啊跑，拚盡了自己的全力，跑到肺都快從喉嚨裡跳出來了，可不知道為什麼，這條河流般的長長街道彷彿沒有盡頭，身邊的人依然摩肩擦踵，他依然在人群中拚命邁開腳步，一刻不敢稍停……

咻——

如哨子般的破空聲猛然竄進耳中，少年臉色大變，他急得眼淚都掉出來了，順著因奔跑而紅豔豔的臉頰往下滾，一些從小巧下顎滾落，一些則滑入了緊咬的嘴唇中，滿滿的鹹澀滋味。

時間彷彿不斷拉長又拉長，那聲破空的哨音和這條長街一樣，不知道盡頭在何方。

少年淚眼模糊，可他咬牙抹去淚水，乾脆脫下了木屐赤腳跑在街上。

砰！

一朵艷紅的牡丹花，艷若驕陽、燦若星辰，耀眼地盛開在西郊的夜空上……

「唔！」

拔步床中，染翠一身冷汗地從睡夢中猛然驚醒。

外頭還是深夜，他因為天熱並未放下床帳，窗戶也是半掩著，床腳邊傳來細細的呼吸聲，他警覺地看過去，外頭的月色灑落，恰好照在半張圓潤粉嫩的小臉上。

是于恩華。

染翠莫名鬆了一口氣，他按住自己的胸口，睡夢裡那劇烈的心痛與心跳也一塊兒被帶了出來，這會兒還怦怦怦撞得他胸口疼，連喘了好幾口氣才終於緩了過來。

緩雖緩過來了，染翠也徹底失去了睡意。

他們今晚住在鯤鵬社旗下的客店裡，再過半日就會到達盧滙縣城。今夜他難得沒與黑兒共睡一床，卻沒想到會做上惡夢，也不知道是不是熱的……

染翠隨手披了件外衣，小心翼翼下了床，並未吵醒睡得正熟的于恩華。

窗外的月色極好，猶如流水般鋪了整片大地，涼風輕拂過時，種植在院落裡的樹木枝椏也跟著擺動，攪得月色搖曳生波。

他想了想，左右睡不著，腦子裡又有想釐清的思緒，不如在院子裡走幾圈散散心？

動心起念，染翠顧不得自己壓根沒穿鞋，披散著一頭秀髮，推門走了出去。

這個院落是專門留給他的，以往他滿大夏跑的時候，經常需要住客棧，索性在每個鯤鵬社旗下的客店保留一間小院子，讓他住得清靜也舒心。

因此，他全然不擔心有人見到自己這般不修邊幅的模樣，頂多阿蒙或黑兒也許會瞧見，又能拿他怎麼辦呢？

庭院並不大，他約莫走五十多步可以繞一圈。

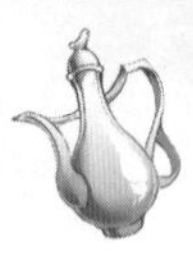

染翠踩著慢悠悠的腳步在庭院裡繞圈，腦子卻不若外表的閒適，正全力回想不久前的夢。

那座縣城染翠是知道的，甚至可以說是非常熟悉。畢竟，他逃離小倌館後，一路流浪到了那兒，遇上了義父。此後，他與義父住在鄰近該縣城步行一天距離的村子裡，從七歲到十五歲，整整八年的歲月。

後來義父的爹親過世了，在京城裡留下不少產業卻無人繼承，義父只得回去承繼下一切，包含琉璃閣。當然，他也被義父提溜回去，繼續過著被寵上天的日子。

誠然，他對那個地方的傳說也知之甚詳，每年都會與義父一塊兒去集市上逛逛，湊個熱鬧，最後到西郊欣賞煙花會。

這是再普通不過的節日了……他離開縣城時才十五歲，雖說是情竇初開的年紀，可他很清楚自己未曾動過心，自然不會與人相約看煙花會了。

這個夢，哪哪兒都透著古怪。

染翠一圈一圈地踱著步，他走得很慢，雙手負在腰後，低垂著腦袋彷彿盯著自己的腳尖看。這是他思索要事時習慣的動作之一。

踱步能幫他活絡思緒，也能讓他穩定心緒。

他不是個多夢的人，而如今仔細想想，他幾乎未曾做過與那八年有關的夢……這簡直令人匪夷所思。

夢境，要不回憶往日美好，要不反應現實憂慮，更有甚者偶爾還能窺視未來。

就如昨兒他與黑兒說到過的往事，七歲之前的他，過得並不好。

韓子清雖然照顧他，吃穿用度都不曾虧待，幾乎將他當自己的孩子養。

可小倌館畢竟是小倌館，韓子清只是個清倌人，他能給的有限，染翠也不可能過著普通孩子

那樣無憂無慮的生活。

七歲逃離小倌館後，他又流浪了一段時日，當個沿街乞討的小乞丐，還得同人打架才能保住自己的一口吃食，過得比先前要落魄許多。

剛到義父住的村子時，渾身髒得能搓出三層油來，雜亂糾結的髮間蝨子爬來爬去，身上不是髒污就是瘀傷或傷疤，任誰看到都不會想接近。

然後……他被撿走了……

染翠猛地停下腳步，乍然意識到一件他過去從未察覺……或是不願意察覺的事兒。他居然對義父如何撿到自己，他們是怎麼見到第一面的？義父又為什麼決定撿他回去？這樁樁件件，他都沒有丁點兒的記憶。

怎麼會……他應當要記得才是啊！

染翠腦子靈活，是個聰明人，儘管不到過目不忘，也沒多博學強記，但重要的事情他不會忘。他甚至記得當年被賣掉的晚上，是他娘牽著只有成年人小腿高的他，一步一步走進小倌館的後門。

那時，他才三歲呢。

他其實，什麼都記得。

試問，這樣的他，怎麼會記不清義父怎麼救自己的呢？他的人生，可是從遇上義父才開始越過越好，成為了今日的染翠大掌櫃的。若沒有義父，他是否活得過七歲，是否最終會妥協再把自己賣入另一個小倌館，全都未可知。

而他又怎麼會突然夢見那個縣城與節慶？

夢裡最後，當他見到那輪占據了半面夜空的牡丹花時，心裡的痛苦、悲傷、絕望攪和成一

團，像塊巨石狠狠砸在他心口上，硬生生把他從夢裡砸醒。

要不是看見于恩華的睡臉，他竟一時分不清究竟是夢是真……

染翠走向庭院中擺放的石凳，踩上去後爬上了石桌，盤腿坐下。他眼前有三扇門，一扇是自己睡的屋子，一扇是阿蒙睡的，最後一扇裡頭睡的則是黑兒……

那扇門這會兒被輕輕推開，男人鐵塔般高大的身軀走了出來，面容在月光下莫名透著一股陌生。染翠連眨幾次眼睛，隨著黑兒靠近，他得仰起頸子才能看清他的臉。

「怎麼沒睡？」黑兒走到桌邊，即時扣住了染翠的後腦杓，才沒讓人狼狽地仰倒。

輕柔地將人扶正，黑兒也跟著坐上了石桌，長臂舒展虛摟著染翠的細腰。

「做了惡夢。」染翠歪著腦袋瞅他，臉還是那張臉，神態也絲毫未變，可就是感覺有哪兒不大一樣。究竟是哪兒，染翠也說不上來。

「是嗎？」黑兒捏了捏他的後頸。

「又懶得穿鞋了？」低柔的聲音帶著淺淺的責備與無奈。

染翠輕挑眉，「就不愛穿。」

黑兒回望他，狠狠吐了口氣，「我替你抹抹腳，抱你回房去？」

此時正值下子時，到早晨還有頗長時間，他希望染翠能多睡一會兒，畢竟明兒還有半日路程得趕。

可染翠沒回答他，而是用一雙清澈凌厲的狐狸眼直勾勾盯著黑兒不放。

「怎麼了？」被看得後頸寒毛直豎，黑兒縮回虛摟染翠的手。

「我就是想起了一件事情。」染翠曲起雙腿，把臉靠在雙膝之間，由下而上瞅著明顯有些無措的黑兒。

「什麼事情？」

染翠笑而不答。只是用手指戳了戳黑兒的手臂，「幫我擦腳，抱我回屋子，我想睡了。」

黑兒自然是不會多問的，他向來如此，從不逼染翠什麼。

離開前，他揉了揉染翠披在後背的髮絲，權充安撫。

染翠露出一臉驕矜的神色，對他擺擺手，無聲地催促他別磨蹭。

確認他確實無事，黑兒才轉身離開去打水。

看著男人遠去的背影，染翠輕聲道：「你這麼緊張我，昨日聽說我小時候遭罪的事情，氣得都快發瘋了……可是啊，你怎麼沒問呢？那最要緊的事情，你怎麼就沒問呢？」

我是何時，又如何被義父認為螟蛉子的？

你啊，一個字都沒問。

（未完待續）

【特別收錄】

作者獨家訪談第一彈，拖稿幕後辛酸血淚大公開

Q1：黑蛋白老師您好！很高興《人生何處無鯤鵬1》在小編催稿催到都要放棄人生的時候，終於交稿了！然後用爆肝的速度趕在網路書展期間出書了！真的是滿滿心酸血淚（過程請詳見作者序），所以除了要灑花慶祝這本書竟然能夠出版外，第一個問題一定要請老師好好回答之前究竟是哪裡卡關了，害您拖稿這麼久？

A1：說到卡關這個問題真的是滿滿辛酸血淚道不盡啊～主要都是故事的開頭。不知道為什麼，我真正開始寫這兩個人的故事時，他們一直給我一種面目模糊的感覺，我就是通不到他們的靈。從長相、性格到行為舉止，我感覺自己好像知道他們是怎樣的人，但真的下筆時又發現不對勁。所以，修改了非常多次都是在找尋跟他們相處的方式，試著要去搞清楚他們到底是怎樣的人。

對我來說，如果一個角色面目模糊，我就無法很好的描繪他們（雖然說寫到後面他們往往自己動起來了），如果我寫得不順，故事就會很無聊。再來就是，我真的很不希望讓讀者朋友們失望，所以就開始龜毛了，導致更難跟他們好好相處……所以，要說卡哪裡，我是卡整個

故事的根基啊 ><

Q2：老師之前曾交過三個版本的稿子（雖然都字數不多），但隔一段時間又會告知要打掉重寫，作者序也提及曾重寫過十幾個版本，請問在這麼多廢棄的版本中，有沒有覺得很可惜，日後會想重新挑戰的題材？

A2：其實沒有 ww

會打掉就代表我對這個故事走向不滿意，也發揮不好，所以才會果斷地放棄的。

Q3：相信在經過不斷的打磨後，現在面世的版本應該與老師最初的想法有所不同，不知黑染兩位主角的人設有更動過嗎？以及是否有讓你忍痛刪掉的情節或配角？

A3：人設的部分改動不多，但是有一個重要的部份被我改掉了，因涉及到後面的故事情節，我這次就先賣個關子。

另外就是，染翠在我手上變成熟了許多，也變得更世故了。

跟一開始比起來，他的言行態度雖然大致上沒有偏離多少，可是呈現方式上不再那麼片段式或毛躁。至於刪減掉的情節或配角這部分，其實就跟上一題講的一樣，我覺得還可以發揮的、拋掉可惜的，我後面還是會想辦法讓他們回來。否則就是果斷地拋棄，沒有忍痛的問題。可能，這次砍掉太多次，我的心態也佛系了吧哈哈～

Q4：請問針對最後定稿的這個版本而言，故事背景或是角色設定，有沒有小說沒提到的裡設定？

A4：這麼一想好像沒有耶？
有的話，那就是後期故事會講到的，現在不能說呀 ww

Q5：以現在呈現的版本來談談兩位主角吧！在之前的訪談中，老師曾提到角色設定是您最喜歡談及的話題，所以就請您來說說您眼中的黑兒是個怎樣的人？要如何描寫一個沉默寡言但又細心深情的角色？染翠是喜歡上他的什麼地方？

A5：什麼囧！我給自己挖了這麼大的坑嗎？不過確實啦，我是滿喜歡聊人物的。黑兒其實讓我遇到很大的困難，他是我沒有寫過的角色類型，也跟我擅長的書寫角色方式差異很大。我這個人呢，其實偏好強大、風騷（？）、性格強勢占主導地位的攻，所以閱讀小說時也好，自己書寫的時候也罷，這種類型的角色，也就是關山盡類型的角色，是我最容易發揮的。我喜歡看他們被另一半化成繞指柔。
在這點上來說，黑兒無論身分地位、出身背景、天生性格，都是我最不擅長的那種，他寡言又溫柔，出身不好，所以並不是個強勢的人，性格裡雖然有狠辣的一面，但那並不是常駐狀態，他的容忍度閾值非常高，但本性裡的固執又不容輕易改變。
這就導致我在書寫他的時候很多次茫然起來，我慣用的描述方式並不適合黑兒，甚至，有時候很難描寫黑兒的糾結。因為，對我們普通人來說，黑兒的執著很莫名其妙，但他的生命經驗就是會帶他走向那樣的思考方向。

至於染翠是怎麼喜歡他……這我不能說，因為跟後面的故事有關，所以我又要賣關子啦！哈哈哈。

Q6：您覺得在描寫黑兒時最困難的地方是什麼？例如是讓他說情話？還是刻畫內心的愛意？還是臉紅心跳的床戲？

A6：就跟上一題回答的一樣，黑兒讓我困難的地方在於他的生命經驗跟人生體悟與我往常擅長的角色完全不一樣。也許是年齡比較大了，我這幾年越來越喜歡把目光放在所謂的「平凡人」身上。

其實，黑兒的身世背景，是很可以描寫成強大的、強勢的、不可一世的角色的，又或者可以描寫成內外差距很大的，心狠手辣或者扮豬吃老虎的角色，但如果大家去看這個故事會發現，黑兒很普通。

他雖然不笨，但也不是聰明人。他不擅長跟人玩權謀，但他不是完全看不懂。他仔細思考的話會理解，但他無法這樣與人相處。他的處世很單純，但對自己畫下的底線寸土不讓。

所以，他現在對染翠的態度還處於很微妙的態度，當然，大家知道我現在又要說同樣的話了，這個部分牽扯到後面的劇情，所以我不能說呵呵呵呵（真是顆欠揍的蛋啊）！

於是呢，寫床戲的時候他真的讓我傷透腦筋了！他這麼溫吞抗拒，我很難發揮啊！

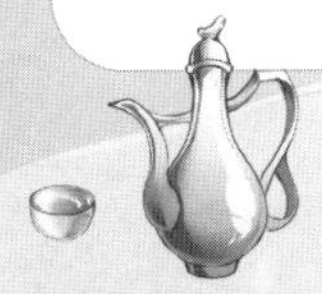

Q7：談完黑兒後，再來聊聊染翠大掌櫃吧！坦白說，《飛鴿交友須謹慎》裡染翠的戲分可比黑兒重多了，所以當初得知他們是一對時還滿驚訝的，的確好奇這兩人是怎麼滾到一塊的？但現在看過第一集後，發現染翠是個很有故事的人啊！我猜想接下來可能要準備好手帕了吧？所以能否請老師在不劇透的情況下談談您眼中的染翠？您希望塑造出怎樣的角色？有什麼特點或缺點？

A7：原本我以為我對染翠是很熟悉的，很清楚他是怎樣的人。殊不知，當我真的開始書寫後，我發現這隻小狐狸，面目竟然比黑兒還模糊非常多。這種模糊是源自於我覺得我對他的認知非常平面。就是說，我知道，他大概是怎樣的人，如果他只是配角，如同在《飛鴿》裡那樣的位置，他很好發揮，因為特色鮮明。

然而，一旦他成為主角的時候，就完全不是這麼回事了。他鮮明的特色，其實有點樣板。就是說《飛鴿》那樣的故事中，我需要染翠那樣的存在跟角色，所以我只需要把設定好的特色跟作用放在他身上，就可以描繪出一個靈活的人物。

但成為主角後就不是這麼回事了。

一個人的面向是很多的，同樣是「想要讓鯤鵬社的會員都得到幸福」，在當配角的時候，染翠只需要當推波助瀾的那隻手，偶爾表達一下他對破壞遊戲規則的人的不滿，那就足夠了。可主角的時候，他的所有行為都有相對應的想法跟造成這種想法的人生經驗，需要探索的，需要完整的部分就變得非常多了。等於，染翠從一個工具人，變成真正的人，又不能失去他原本的特色，又要讓這些特色合理的呈現出來，確實讓我傷透了腦筋。

我一直希望自己可以寫出讓大家有種「啊！這個角色好像真的存在耶」的人物，我不希望太過樣板、太過套路。當然，故事的走向大概就那些套路在排列組合，我自己偏愛的情節也會比較常出現，但角色不同，故事的感覺就會不一樣。

如果，無法讓人物活起來，我會覺得非常可惜。

我眼中的染翠是個精明世故，雖然內心強大但也柔軟的人，他雖然是個好人，也不會去做什麼犯法的事情，但遊走一下灰色地帶卻是沒問題的。他很靈活，但卻將本心把握得很牢，希望能讓大家感受到大掌櫃的魅力。

Q8：第一集結束的地方開始透露了染翠複雜的身世，也漸漸展現出他內心隱藏起來的那一面。因為老師前面修改過太多版本，連小編都是第一次看到書稿，所以好奇想請問一下，染翠原本在《飛鴿》的設定就是這樣的人，還是隨著《鯤鵬》不斷重寫才漸漸調整成現在的模樣？如果有改過設定，請問原本的設定如何？為什麼做這些修改？您覺得塑造染翠這個主角最大的挑戰是什麼？

A8：糟糕，這一題我好像在上一題答完了XD

那我們就來參考上一題的答案吧！不過，染翠其實是一直在添加的，他的身世算是這本故事的主線，所以我又要賣關子啦！

（未完待續）

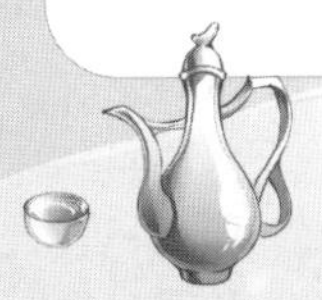

i小說 033

人生何處無鯤鵬1

國家圖書館出版品預行編目（CIP）資料

人生何處無鯤鵬 / 黑蛋白著 ; . -- 初版. -- 臺北市 : 愛呦文創有限公司, 2022.02
冊 ; 公分. --（i小說 ; 33）
ISBN 978-986-99224-4-9（第1冊 : 平裝）. --

863.57　　110006399

愛呦文創

作　　者　黑蛋白
封面繪圖　凜舞REKU
責任編輯　高章敏
版權主編　茉莉茶
文字校對　劉綺文
行銷企劃　羅婷婷

發 行 人　高章敏
出　　版　愛呦文創有限公司
地　　址　10691台北市忠孝東路四段59號10-2樓
電　　話　（886）2-25287229
郵電信箱　iyao.service@gmail.com
愛呦粉絲團　https://www.facebook.com/iyao.book

總 經 銷　聯合發行股份有限公司
電　　話　（886）2-29178022
地　　址　231新北市新店區寶橋路235巷6弄6號2樓

美術設計　廖婉禎
內頁排版　陳佩君
印　　刷　沐春行銷創意有限公司
初版一刷　2022年2月
定　　價　340元
I S B N　978-986-99224-4-9